D1533464

Dirección Editorial: **Raquel López Varela**
Coordinación Editorial: **Ana María García Alonso**
Maquetación: **Cristina A. Rejas Manzanera**
Diseño de cubierta: **Francisco A. Morais**
Título original: *The Report Card*
Traducción: **Alberto Jiménez Rioja**

Tercera edición del 978-84-441-4379-8
(Quinta edición del 978-84-241-8725-5)

Copyright © 2004 by Andrew Clements
Artwork © 2004 by Brian Selznick
Published by arrangement with Simon & Schuster Books
for Young Readers, an imprint of Simon & Schuster
Children's Publishing Division
Spanish language copyright © 2005, EDITORIAL EVEREST, S.A.
Carretera León-La Coruña, km 5
ISBN: 978-84-441-4379-8
Depósito legal: LE. 711-2011
Printed in Spain - Impreso en España

EDITORIAL EVERGRÁFICAS, S. L.
Carretera León-La Coruña, km 5
LEÓN (España)
Atención al cliente: 902 123 400
www.everest.es

Las notas de Nora

Andrew Clements

Ilustrado por Brian Selznick

everest

Para mi hermano Denney:
un buen escritor, un buen periodista,
un buen hombre.

MALAS NOTAS

Sólo había unos quince niños en el último autobús porque era viernes por la tarde. Me senté cerca del fondo con Stephen, y él siguió dándome la lata:

—¡Venga, Nora! Yo te he enseñado las mías. Quiero ver si te he ganado en matemáticas. Déjame ver lo que has sacado. ¡Andaaa…!

—No —dije—. Y *no* quiere decir *no*. No las pienso mirar. Tengo que ir al colegio todos los días y tengo que hacer los exámenes cuando me dicen, pero las notas puedo mirarlas cuando yo quiera, y ahora no me da la gana. Pídemelo el lunes.

Stephen es mi mejor amigo, pero no tengo muy claro que él diga lo mismo de mí. Si alguno de sus compañeros hubiera estado en el autobús, no se habría sentado ni a tres metros de distancia. Cuando estás en quinto se supone que una chica no puede ser la mejor amiga de un chico: una de las ideas más inmaduras del universo. Tu mejor amigo es la persona que más te importa y a quien tú le importas más. Y eso era lo que pasaba con Stephen y conmigo. No tenía nada que ver con ser chico o chica. Era un hecho.

Stephen era perseverante. Le había costado mucho hacer los trabajos de las últimas diez semanas y estaba obsesionado con las notas. Por eso no callaba con las mías. Y dale, y dale, y dale. Y había veinte minutos de autobús hasta casa.

—¡Venga, Nora! No vale. Tú sabes lo que he sacado yo. ¡Quiero ver tus notas! ¡Veeeeenga, déjame verlas!

Otro hecho: *no*, a veces, no significa *no para siempre*. Sólo faltaba una manzana para llegar a la parada, pero ya no podía aguantar los lloriqueos de Stephen ni un segundo más. Por otra parte, la verdad es que estaba deseando ver mi nota de ortografía. Así que las saqué de la mochila y se las planté en las manos. Ni siquiera me importó que llevaran escrito mi nombre completo: Nora Rose Rowley.

—¡Toma! —dije—. Te lo has ganado, por ser el más pesado del mundo.

Stephen dijo:

—¡Bieeeeen! —y las sacó del sobre en menos de tres segundos.

Se quedó perplejo y boquiabierto, incapaz de articular palabra. O de respirar. Por último, resopló y dijo:

—¡No puede ser, Nora! ¡Tienen que haberse equivocado! La señorita Noyes… y la señorita Zhang… y ¡todos! ¡Estas notas están mal!

Ignoré su asombro y dije:

—Tú dime sólo lo que tengo en ortografía, ¿vale?

Los ojos de Stephen recorrieron la página y dijo:

—Tienes… tienes una C.

—¡Ratas! —y pateé el asiento de delante—. ¡Lo sabía! ¡Una asquerosa C! ¡Pero cómo puedo ser tan idiota!

Stephen se arrepentía de haberme dado la lata, se le veía en la cara. Tragó saliva y dijo:

—Ummm… ¿Nora? Me sienta como un tiro tener que decírtelo, pero las otras son…

Le interrumpí:

—Ya sé lo que son.

Stephen estaba hecho un lío. Dijo:

—Pero… pero si sabes las otras, ¿por qué te enfadas tanto por una C en ortografía? Porque las otras son… ¡Des! ¡Has sacado D en todo! ¡Insuficiente en todo menos en ortografía!

—¡Ratas! —repetí—. ¡Ortografía!

Stephen siguió intentando enterarse de algo:

—Pero… pero la mejor nota que tienes es la de ortografía —y para asegurarse, añadió—: Porque una C es mejor que una D, ¿no?

Negué con la cabeza, y después hablé más de lo que debía:

—Depende —dije—. Si querías sacar una D, no.

Stephen se quedó confundido. Como no quería darle tiempo para pensar, agarré mis notas y dije:

—Bueno, ¿y tú qué has sacado en ortografía?

Sabía la respuesta porque ya había visto sus notas. Además, la ortografía era lo que mejor se le daba.

Stephen dijo:

—He… he sacado una A.

—¿Era lo que querías?

Bizqueó y dijo:

—Ummm… sí… supongo.

—Entonces has conseguido lo que te habías propuesto; eso está bien. Es una nota estupenda, Stephen.

—Ummm… gracias.

Bajamos del autobús en la esquina y nos dirigimos a nuestras casas. Stephen no volvió a abrir la boca.

Estaba preocupado por mis notas. Así era él: se preocupaba por los demás. Por eso era bueno que tuviera a alguien como yo para protegerle.

Yo había sacado esas D a propósito. Había querido sacar D en todo. Y era muy probable que tales D me causaran problemas.

Pero no me importaba.

Las había sacado por Stephen.

MIS HECHOS

Mi habitación estaba hecha "un desastre". Se suponía que tenía que "ordenarlo todo" antes de la cena. "Por que si no…". Órdenes y advertencia de mamá.

Pero yo no estaba de humor para ponerme a limpiar. Ni tenía el miedo suficiente. Por eso me quedé tumbada en la cama, pensando. O sea, lo normal. Demasiado bien sabía yo que una habitación desordenada era el menor de mis problemas. Eso era un hecho.

Los hechos me han gustado siempre, porque los hechos no cambian. Por eso a veces también los odio.

Llevo mucho tiempo descubriéndolos por mi cuenta. Es como si llevara años investigando para saber por qué soy como soy: por mis hechos.

Uno de los hechos que he descubierto es éste: tengo lo contrario a la amnesia. No creo que me haya olvidado nunca de nada. Lo recuerdo todo. Recuerdo el olor de la tela suave y azul que mamá me ataba al cuello para absorber las gotas que caían cuando tomaba el biberón. Recuerdo cada lunar rojo del gorro del payaso con el que dormía en la cuna: doce lunares. Recuerdo el dibujo blanco y amarillo de la funda de plástico de mi corralito y el sabor de las galletitas que masticaba antes de que mis dientes asomaran en las encías. Recuerdo todas esas cosas.

Y allí, tumbada en la cama, recordé aquellos tiempos en los que creía que todo el mundo era como yo; porque al principio creía eso. No notaba ninguna diferencia. Suponía que pensaban, sentían y veían lo mismo que yo. Pero eso no era un hecho.

¡Vaya!… ¿Y el modo de pensar en ese momento?: otro hecho. Lo hacía constantemente, ese tipo de análisis. Siempre había sido igual.

Mi cerebro recorrió sus archivos y recordé cada detalle del día en que empecé a darme cuenta de que yo era diferente.

Ocurrió gracias a mi hermana mayor, Ann. Como me llevaba seis años, era como si viviéramos en planetas distintos. Cada vez que topábamos la una con la otra, lo más normal era que su planeta chocará con el mío.

Un sábado por la mañana, cuando yo acababa de aprender a caminar, extendió un enorme rompecabezas de quinientas piezas sobre el suelo del salón. La foto de la caja mostraba una escena de una película de los Muppets.

Ann se consideraba experta en rompecabezas descomunales, así que, cuando me acerqué a mirar, dijo:

—No, Nora. Esto no es un rompecabezas para bebés. ¡Desaparece!

Me retiré un poquito pero seguí mirando. Nunca había tenido miedo de Ann porque la entendía muy bien: lo único que quería era que los demás le rogaran que fuera la reina del universo.

En primer lugar puso todas las piezas al derecho y después buscó las que tenían bordes rectos. Esas piezas eran las del marco, y eran las que colocaba siempre en primer lugar.

Una vez hecho el marco, empezó a buscar una parte de la oreja de la señorita Piggy; yo me incliné y toqué con el dedo una de las piezas.

—¡Eh! —dijo Ann retirándome el dedo. Entonces lo vio. Había señalado la pieza que buscaba. La levantó, le dio vueltas y la colocó en su lugar. Mirándome con los ojos entrecerrados, dijo:

—¿Dónde está la que va aquí? —y puso su dedo sobre una pieza de la parte inferior del marco.

Yo volví a señalar, y la pieza volvió a encajar.

—¿Y la siguiente? —preguntó.

Señalé otra, y también encajó. No me costaba nada hacerlo. Encontraba las piezas a la primera y sabía dónde había que colocarlas. Era como era, estaba más claro que el agua.

Entonces Ann tuvo una idea, bastante traidora por cierto. Buscó una parte del rompecabezas, una de Kermit, totalmente verde, y señaló:

—¿Cuál va... aquí?

Mis ojos recorrieron las piezas desparramadas por el suelo. Debía haber cerca de un centenar casi completamente verdes. Ann pensó que esta vez me había atrapado, pero de eso nada. Busqué, agarré una pieza y se la di.

Ann dijo:

—Casi, casi, Nora. Por lo menos es verde. Pero, como te he dicho, no es un rompecabezas para bebés. Así que, ¡esfúmate!

Miró la pieza que tenía en la mano y la parte del marco sobre la que tenía el dedo. Giró la pieza una vez y la acercó al marco. Era la correcta.

—¿Cómo lo has hecho? —preguntó, con más curiosidad que envidia.

Yo me limité a mirar las piezas y le di otra. Ella la colocó, encajándola al lado de la anterior.

—Venga, Nora. Pon algunas tú. Lo único que tienes que hacer es empujarlas un poco hacia abajo, así, con el pulgar. Empieza por aquí.

Me di cuenta de cómo me observaba. Nunca me había mirado de esa manera. Yo no sabía que estaba haciendo algo poco corriente porque, para mí, el rompecabezas era de lo más sencillo. No tenía que mirar y mirar, ni probar diez piezas para encontrar la que era. Simplemente la veía. Lo hacía deprisa y no cometía un sólo error.

Ann fue corriendo a buscar a mamá. Sentí dos pares de ojos contemplándome fijamente. Así que me detuve.

—Sigue, Nora, sigue haciendo el rompecabezas —dijo Ann—. Para que lo vea mami. Pon la pieza que va aquí.

Y mamá dijo:

—Sigue, cariño. Ayuda a tu hermana. Continúa.

Sentía como si me empujaran con los ojos. Querían un espectáculo. Pero yo sólo era yo.

No hice nada.

Ann dijo:

—¡Venga, Nora! ¡Una pieza sólo! ¡Venga! —agarró mi mano y la arrastró sobre las piezas sueltas.

Yo grité:

—¡No! —y retiré mi mano bruscamente. Ya tenía bastante. La hora de los rompecabezas había acabado.

Pero después, cuando se suponía que dormía la siesta, bajé de la cuna y me arrastré por las escaleras hasta el salón. Me senté en el suelo y completé el rompecabezas. Eché un buen vistazo a Piggy, a Kermit, al oso Fozzie y a Animal, y luego deshice todo y lo dejé como lo había encontrado. Volví a mi cuarto y me dormí.

Ese día descubrí unos cuantos hechos importantes sobre mí. Descubrí que lo que a mí me parecía normal a otros les parecía raro. También descubrí que no me gustaba ser el centro de atención y que odiaba que me mangonearan.

Pasó una semana, y mamá y Ann seguían vigilándome. Y papá y mi hermano mayor lo mismo. Estaban pendientes de mí, por si hacía algo más que demostrara lo lista y lo inteligente que era. Por eso tuve mucho cuidado, o sea, me hice la tonta. Si mamá, papá, Ann, mi hermano o uno de los niños de la guardería empezaban a mirarme con cara rara, dejaba de hacer lo que estuviera haciendo. No quería que me miraran así. Por eso tenía cuidado.

Unos meses más tarde, cuando aprendí a leer, también disimulé. Leer era increíble, maravilloso y emocionante, pero no se lo dije a nadie. Tenía mis razones. Mi hermano se llama Todd y tiene tres años más que yo, es el mediano. Cuando empecé a leer, Todd estaba en el kinder y no sabía leer nada de nada. Por eso deduje que si alguien veía a la pequeña Nora leyendo se armaría, y encima Todd podía sentirse mal o enfadarse conmigo, o ambas cosas. Además, no quería que mamá y papá me hicieran leerme a mí misma los cuentos por la noche. En resumen, guardé en secreto el hecho de que sabía leer.

Seguía tumbada en la cama, pensando y pensando, y de repente me acordé de las notas: de las D de mis primeras notas de quinto curso. Esas D se habían convertido en un hecho. Había sido bonito olvidarse de ellas unos minutos. Pero un hecho no desaparece porque te olvides de él. Y sabía por qué mamá estaba a punto de decir a voces: "¡A cenar!".

Me levanté de la cama, fui a la mesa, saqué el sobre de las notas, pasé la lengua por el pegamento de la solapa y la pegué. Sabía a rayos. Esperé un segundo y la apreté bien. Ya estaban escondidas y encerradas en su horrible sobre marrón de papel reciclado. Incluso aplané el bulto de la grapa.

Analicé al instante lo que acababa de hacer y supe por qué lo había hecho. Esas D eran como una bomba de relojería: tic, tac, tic, tac, ¡BUUUM! La explosión era inevitable. Intentaba retrasarla lo más posible.

Había planeado conseguir esas D durante mucho tiempo y estaba segura de que mi plan tenía sentido, pero mamá y papá daban mucha importancia a las notas. Y debía enfrentarme a un hecho: esas D iban a tener que ser explicadas. Pero no podía hablar de Stephen. No podía hablar de su relación con las notas.

Eso no podría explicarlo hasta mucho después.

Si podía.

EL COLEGIO Y STEPHEN

Mamá estaba a punto de llamarme para que bajase a cenar. Y después de la cena vendría "La lectura de las notas". Y, entonces, ¡BUUUM!

Mi vida entera pasó frente a mí como un reportaje del telediario de las seis. Los recuerdos me asaltaban. No lo podía evitar. Y me di cuenta de que esa explosión empezó a forjarse desde el primer día de colegio.

Otro hecho de los archivos de la memoria: ya en kinder empecé con mal pie.

Principalmente porque me pasé las dos primeras semanas de clase en la Escuela Primaria de Philbrook escondida bajo la mesa de la señorita Bridge, haciéndome pasar por un gato. Maullaba y bufaba, y a la hora de la merienda vertía mi leche en un bol de plástico que llevaba de casa, para poder lamerla con la lengua.

Era un gato hasta las 11.53 de la mañana. Entonces me levantaba, me quitaba el polvo de las rodillas, me ponía la chaqueta, me marchaba y subía al autobús que me llevaba a mi guardería de la tarde.

El asunto se me ocurrió un mes antes de empezar kinder. Al leer un artículo estupendo sobre leopardos en *National Geographic* sentí una enorme curiosidad y busqué más información: aprendí todo lo que pude sobre gatos. Y decidí que eran sorprendentes y maravillosos, y pensé que sería divertido saber qué se sentía siendo uno. Así nació la idea.

Y la llevé a la práctica porque sabía que iba a hacer las tareas escolares con demasiada facilidad. Todos habrían pensado que se me daban demasiado bien. Y si se me daban demasiado bien me iba a sentir demasiado diferente. Ser distinta era más llevadero siendo un gato.

Nadie sospecharía que a un gato le gustaba leer la *Enciclopedia Británica*. Nadie pensaría que un gato se sabía de memoria treinta y ocho poemas de *Un jardín de versos para niños*. A nadie se le ocurriría pensar que un gato se había enseñado a sí mismo a entender otro idioma viendo un canal de TV. Ni que le interesaban los mapas, la historia, la arqueología, la astronomía, los viajes espaciales y los nombres en latín de los animales (como *Felis catus* para el gato doméstico).

Yo era inteligente, pero me faltaba experiencia. Sólo tenía cinco años. Por eso calculé mal. Pensé que cuando todos los del colegio se acostumbraran a la idea de que fingía ser un gato me dejarían en paz. Pero, por supuesto, en el colegio las cosas no funcionan así. La señorita Bridge no tardó nada en llamar a mamá. Mamá se llevó un disgusto y se lo dijo a papá, y papá se llevó otro disgusto.

Siempre he querido a papá y a mamá, pero tienen tendencia a ponerse nerviosos por cualquier cosa, especialmente por las del colegio. Por eso les ocultaba una parte de mí: la parte inteligente. Cuando estaba en kinder, ni siquiera sabían que podía leer, y no me fue difícil mantener en secreto mi parte inteligente. Mamá trabajaba en una inmobiliaria y papá tenía su propio negocio, y además debían ocuparse de las tareas domésticas, del jardín y de tres niños. Hecho: mamá y papá estaban más atareados que unas hormiguitas. Nunca traté de acaparar su atención ni causé ningún tipo de problema, así que me dejaban sola la mayor parte del tiempo. Procuraba no darles preocupaciones. Pasaba largos ratos mirando libros, y seguro que lo notaban, pero debieron pensar que lo hacía porque me gustaban las ilustraciones. También pasaba mucho tiempo viendo la televisión.

Aunque tampoco era una especie de estrambótica rata-de-biblioteca ermitaña-coco-tubo-catódica zombi, porque eso les hubiera preocupado mucho. Tenía amigos en la guardería y en la vecindad. Me gustaba jugar al fútbol en la calle. Mamá y papá pensaban que era una niña normal y corriente.

Entonces, al ir al colegio, me transformé en preescolar-gato. Mamá y papá se preocuparon y llamaron a la directora: la señora Hackney. La maestra de educación especial y el consejero escolar intervinieron, y el colegio en pleno decidió que yo tenía un trastorno de aprendizaje. Sentí que todos empezaban a observarme, y no me gustó. No quería que pensaran que era algo raro. Por eso, a las dos semanas, decidí dejar lo de ser gato.

Pero no quería ser yo misma. Eso también era peligroso.

Pensé en ello y se me ocurrió una idea estupenda: ¡No iba a ser un gato, iba a ser una copiona! Decidí que cada día iba a imitar a uno de los niños de mi clase. Iba a transformarme en un promedio viviente de todos ellos.

Un viernes por la mañana, en vez de meterme bajo la mesa, escogí un niño y lo imité. Empecé a hacer todo lo que hacía Stephen Curtis, bueno, no exactamente, pero casi. Y él no se enteró de nada.

Cuando Stephen se sentó sobre la alfombra y miró cómo ayudaba Susan a la señorita Bridge a buscar el día de la semana en el que estábamos para señalarlo en el calendario, yo me senté y miré.

Cuando hizo un rompecabezas yo hice lo mismo, y tardé lo que él tardó.

Cuando jugó con las construcciones, yo también jugué, e intenté que mi construcción se pareciera lo más posible a la suya.

Cuando se sentó a una mesa y trató de dibujar una A con un lápiz, yo me senté cerca y dibujé una B. Yo podría haber escrito cualquier letra a la perfección y cientos de palabras completas, pero fingí que escribir la B me costaba tanto como a él escribir la A.

La mañana pasó enseguida, y me quedé sorprendida con la cantidad de cosas que Stephen había hecho. La clase cobró un nuevo significado para mí: se había convertido en mi laboratorio.

Al día siguiente decidí ser como Caitlyn. Si ensartaba cuentas yo las ensartaba; si jugaba a disfrazarse yo me disfrazaba; si coloreaba mariposas, yo hacía lo mismo. Incluso jugué con ella y con otras tres niñas en el recreo al corre que te pillo. Fue un día más de mi formación.

La señorita Bridge estaba encantada con mi cambio de comportamiento, y la maestra de educación especial también, y mis padres, por supuesto. Y cuando me convertí en una niña de nivel medio, la presión cesó.

Sin embargo, no había hecho más que empezar con mi investigación. A Helen, a Laura, a Ron, a Kathy, a Philip, a Jeremy, a Karen, a James, a Kim, a Susan, a Elliot: a todos y cada uno de ellos los imité, transformándome en su sombra. Cada día era distinto e interesante. Me sentía parte de la clase, y me gustaba.

Pero también me percaté de que me gustaba ser tan inteligente como era. El kinder me descubrió otro hecho importante acerca de mí: era un genio. Lo que para otros niños era difícil, para mí era facilísimo. Los había visto esforzarse mucho para aprender las formas de las letras o simplemente para que sus dedos fueran capaces de sostener un lápiz o unas tijeras. Sabía que ninguno pensaba como yo lo hacía, que ninguno podía leer lo que yo leía. Megan era la única de mi clase que sabía leer, y sólo libros de dibujos de lo más sencillo.

Día a día me daba cuenta de que estaba muy por delante de ellos. Sin embargo, no me consideré mejor por eso. Cuanto más los conocía, más los admiraba. Me sorprendía su capacidad de trabajo. Yo no tenía que esforzarme tanto como ellos, nunca lo había hecho. El colegio era diferente para mí. Todo era diferente.

En mi clase había quince niños, y cada uno fue imitado cuando le llegó el turno. Por eso pasaron unas dos semanas antes de que le volviera a tocar a Stephen. Y fue maravilloso porque enseguida me di cuenta de los progresos que había hecho. Debía haber practicado mucho con las letras, porque ya las escribía sin problemas de la A a la O; excepto la G mayúscula, que ponía siempre al revés. Me habría gustado ayudarle a escribirla bien, pero no me atrevía: eso habría significado revelar mi secreto. Así que elegí la D como mi letra girada, y pensé: "Dentro de un par de semanas, cuando vuelva a imitar a Stephen, quizá haya girado ya esa G hacia delante".

Pero dos semanas me parecía mucho esperar. Así que al día siguiente le volví a seguir, y los tres días posteriores, y una semana más. Le vigilé nueve días seguidos, vi todo lo que hizo y escuché todo cuanto dijo. Era un análisis a fondo.

Stephen no era de los más inteligentes de clase, cierto, pero era muy trabajador. Si no podía hacer algo, tenía paciencia y no se rendía. Si algo le costaba mucho no se enfadaba consigo mismo: se limitaba a seguir adelante y volvía a intentarlo después. Y, tarde o temprano, lo conseguía. A veces le gustaba sentarse solo y mirar por la ventana o dibujar figuras con un lápiz o una pintura. No contemplaba los dibujos de los libros; los estudiaba. Además, cuando jugaba a algo, jugaba limpio. Siempre. Y lo que más me impresionó fue que, en todo el tiempo que le estuve observando, nunca hizo ni dijo nada dañino u ofensivo. Ni una sola vez. A nadie; aunque se metieran con él.

Un lunes por la mañana no fue a clase. Lo mismo pasó el martes y el miércoles. Estuve a punto de llamar a su casa el miércoles por la noche para comprobar que no se estaba muriendo o algo; porque, de repente, imaginar el colegio sin Stephen me pareció lo peor del mundo. Cuando le vi bajar del autobús el jueves por la mañana me habría gustado correr hacia él y darle un gran abrazo. No lo hice, por supuesto.

Pero decidí que a partir de entonces iba a ser mi mejor amigo. Porque era estupendo, y porque, pensé: "¿Quién podría ser mejor amigo que él?", y pensé además: "Si es mi amigo, podré ayudarle". Porque eso es lo que hacen los amigos.

Lo mejor de mi primer año en la Escuela Primaria de Philbrook fue hacerme amiga de Stephen Curtis. Y lo mejor del tercer curso fue que su familia se trasladó a una casa de mi calle. Y lo mejor de los cinco años que ya duraba nuestra amistad fue que nos pusieran en las mismas clases, con los mismos maestros.

Por eso seguí siendo su mejor amiga y le seguí ayudando. Con delicadeza. Sin fanfarronear. Sin sabihondeces. Sólo le echaba una mano amistosa de vez en cuando. Con cosas sin importancia. Era como su otra maestra. La mayor parte de las veces Stephen ni siquiera sabía que necesitaba ayuda o que yo se la prestaba.

En cuarto. Ahí fue cuando Stephen empezó a cambiar. Ocurrió después de los exámenes que tuvimos que hacer al empezar el curso: las Pruebas de Aptitud de Connecticut. Stephen no sacó buenas notas, y yo sabía por qué. Le había visto poner caras raras y masticar el lápiz y mirar al reloj cada dos por tres durante las pruebas. Todo era consecuencia de la tensión que no había superado ni con las horas, horas y horas que habíamos pasado preparándonos en clase. Lo que quiero decir es que quizá incluso sin nervios las habría hecho regular porque, como he dicho, siempre ha sido un estudiante de nivel medio. Pero la tensión de tener que acabar en un tiempo fijo no le ayudó, en absoluto.

Por eso sus notas fueron más bien bajas. No horrorosas, pero bajas.

Las mías tampoco fueron muy allá, gracias a que busqué información en Internet. Calculé las respuestas que debía fallar en cada sección para hacerme pasar por una estudiante de nivel medio. Mis padres no quedaron muy satisfechos que digamos, pero ¿qué podían hacer? En primero, segundo y tercero había ocurrido lo mismo, así eran las cosas: los exámenes de cuarto no hacían más que confirmarlas.

Así que no me preocupé lo más mínimo por tales notas, pero, por alguna razón, Stephen sí. A él le importaron una barbaridad. Y, por lo que me contó, sus padres le montaron una buena.

Enseguida noté que había cambiado. Se desesperaba consigo mismo si hacía mal un trabajo o una prueba. Y le daba miedo examinarse, incluso de ortografía, que siempre se le había dado bien. De vez en cuando fingía que estaba enfermo para no ir al colegio. Y él nunca había hecho eso. Y lo que era peor: parecía infeliz.

Nuestra maestra de cuarto curso, la señorita Rosen, era estupenda. Decía que las notas no significaban nada, que eran como una foto instantánea, que sólo servían para echar un vistazo y ver en qué necesitábamos mejorar. Nos dijo que no nos preocupáramos por sacar notas bajas porque teníamos mucho tiempo para mejorarlas. Lo entendí. Todo lo que decía era cierto, pero Stephen no la creyó. Se sentía como si ya no valiera para el colegio. Como si el colegio no fuera más que una lucha continua.

Y él no era el único. Todos estaban pendientes de las calificaciones de los exámenes y los trabajos escolares. El colegio en pleno empezó a competir, y por las notas se diferenciaba a los ganadores de los perdedores. Cada trabajo y cada examen se transformaron en una contienda. Hasta vi copiar a dos niños en un examen de ortografía.

A mediados de curso, tres niños de clase fueron elegidos para formar parte del Programa para Alumnos Superdotados. Los superdotados iban a clases especiales, leían libros especiales, tenían maestro particular y, si trabajaban mucho, hasta podían saltarse cursos. El colegio era como una gran carrera, y parecía que los superdotados ya la habían ganado.

Fue una razón más para que los alumnos se clasificaran a sí mismos en listos, intermedios y tontos. Y fue horrible, porque Stephen se empezó a considerar de los tontos. No era cierto, en absoluto, no lo era para ninguno de los niños, pero Stephen lo creía así.

Cuarto fue un curso espantoso para él. Y para mí, porque nadie puede ser feliz si su mejor amigo no lo es.

Stephen se alegró de que el curso acabara. Parecía que sus problemas habían desaparecido, y el verano iba a ser estupendo, como siempre.

Pero yo pensaba en quinto. Stephen no sabía lo que se nos venía encima, porque no tenía más que un hermano pequeño. Es decir, él era el primer chico de su familia que iba a las escuelas de Philbrook, Connecticut.

Pero yo no. Yo sabía lo que era quinto curso en Philbrook. Había visto cómo lo pasaron mi hermana Ann y luego mi hermano Todd. En quinto, Ann se había convertido en una sombría maquinita de hacer Aes (papá y mamá no dejaban de exigirle. Las notas de quinto eran verdaderas calificaciones, como las de secundaria y las del instituto: sin pros ni contras ni comentarios. Las notas de quinto decían la verdad a secas: A, B, C, D y F. Las notas de quinto iban a indicar qué niños entraban en las clases de matemáticas superiores de secundaria. Las notas de quinto iban a indicar qué niños entraban en las clases de inglés avanzado y en el programa de idiomas extranjeros y en las clases aceleradas de ciencias. En Philbrook, Connecticut, las notas de quinto eran muy importantes.

Y si Stephen se había desmoronado con las Pruebas de Aptitud y la ligera competencia de cuarto, quinto le iba a parecer diez veces peor. Cuando chocara con quinto iba a descarrilar.

Había estado a punto de ocurrirle durante el primer período de clasificación. Y podía empeorar.

A menos que a alguien se le ocurriera un modo de ayudarle.

Y eso era asunto mío. Porque eso hace una amiga. Si puede, ayuda.

Y en eso estaba pensando cuando mamá gritó:

—¡A cenar! ¡Y que nadie se olvide! —gritó escaleras arriba dirigiéndose a Ann, a Todd y a mí—. ¡Quiero ver las notas!

LA LECTURA DE LAS NOTAS

Mamá había preparado una cena fantástica que dispuso en el comedor. Filetes y patatas asadas y judías verdes y macedonia de frutas y panecillos calientes y mantequilla y mermelada de fresa. Había puesto un mantel blanco y salvamanteles de encaje, altas velas verdes y los cubiertos de plata. Hasta servilletas de tela había.

El día de las notas cenábamos siempre a lo grande. Nada de carne picada, ni de macarrones con queso, ni de estofado de atún. En el día de las notas, no.

Entonces llegó el postre, también maravilloso: pastel de manzana, hecho con manzanas frescas del huerto de la Carretera 27, y helado de vainilla.

Pero yo no tenía hambre para tanto. Me recordaba la última comida de un condenado a muerte.

Después del postre y de quitar los platos, con todos sentados a la mesa, mamá dijo:

—Muy bien, ¿quién quiere ser el primero en leer sus notas?

Era una pregunta innecesaria. El ritual de "La lectura de las notas" estaba muy bien establecido. Seguía un patrón perfectamente definido. Primero las leía Ann, luego Todd y después yo.

Ann dijo:

—Yo primero —sin sonreír. Toda formal.

Estaba en el primer año de secundaria. Es alta, rubia y atlética, y se lo toma todo muy en serio, y encima es guapa. La gente dice que me parezco a ella, pero yo no soy alta. Y mi pelo es más pelirrojo que rubio. Y trato de no tomarme las cosas tan en serio. Así que supongo que esa gente que dice que nos parecemos está como una cabra.

Ann había sido elegida delegada de curso. Era cocapitana del equipo femenino de hockey sobre hierba y del equipo de baloncesto. Había sido el miembro más joven del Decathlon de Matemáticas del año anterior, y el equipo había quedado en primer lugar en la competición estatal. Asistía a cuatro cursos de acceso a la universidad y a una clase especial para alumnos con matrícula de honor. Intentaba acabar el instituto con un semestre de adelanto. Quería obtener una beca para ingresar en la universidad de Georgetown y estudiar Relaciones Internacionales. Seria es la definición que mejor le va.

Mamá sonrió y dijo:

—De acuerdo, Ann. Vamos a ver cómo te ha ido.

Ann desdobló la hoja de sus notas. Yo sabía lo que se avecinaba. Todos lo sabíamos.

Empezó a leer:

—Clase de honor: Química: A. Cursos de acceso a la universidad: Inglés: A, Historia Mundial: A, Física: A+,

Español: A. Educación Física: A+. Coro: A+. Y A– en Educación Vial, pero ésta no cuenta para la nota media.

—¡Son magníficas, Annie! —dijo papá, y sonrió de tal manera que pareció un piano—. No pueden ser mejores, como debe ser. ¡Fabulosas! ¡Sencillamente fabulosas!

Mamá añadió:

—Puedes sentirte orgullosa de ti misma, Ann. Tu duro esfuerzo está dando frutos.

Después, volviéndose hacia mi parte de la mesa, dijo:

—Bueno, ¿quién va ahora? ¿Nora o Todd?

Otra pregunta superflua. En la vida me ha dejado Todd hacer algo antes que él. Dijo:

—Me toca.

Todd estaba en octavo. Tenía muchos amigos y muchas aficiones, como el ciclismo de montaña, el snowboard, tocar la guitarra eléctrica y ser forofo de todo lo relacionado con el rock de los sesenta. Su deporte escolar era el fútbol, pero no era un jugador destacado (yo sí). Y no alardeo de ello. Es un hecho. A Todd no se le daban bien los trabajos escolares, la lectura en especial, pero papá y mamá siempre estaban detrás de él. Se esforzaba mucho y sus notas, normalmente, lo demostraban.

Todd se aclaró la garganta, echó un vistazo a papá primero y a mamá después, tragó una vez, se enderezó, se retiró el pelo de la frente y empezó a leer. Las mejores notas en primer lugar, como siempre:

—Gimnasia: A+. Matemáticas: A–. Ciencias: B... uh, no, quiero decir B+. Sociales: B. Y una B– en Inglés... pero no tengo B sólo por dos puntos.

Mamá y papá asintieron con la cabeza, muy pensativos, y mamá dijo:

—Vaya, son bastante buenas, Todd. Pero creo que puedes mejorarlas, ¿no? Sobre todo esa B–. Creo que tú tampoco estás muy satisfecho con ella. Y en la reunión del mes pasado, la señorita Flood dijo que necesitabas dedicarle más tiempo a la escritura y aplicarte más en los trabajos de lectura. Eso te ayudaría, ¿no?

Todd movió la cabeza arriba y abajo, y dijo:

—Sí, supongo que sí, pero he sacado un promedio de B, mamá, es una buena calificación. Si vieras las de Tom…

—No estamos hablando de Tom —dijo papá, y ya no sonreía—, estamos hablando de ti. Estás a punto de empezar la secundaria, y tienes que aplicarte. Con esas notas puedes ir a una universidad pública o a una facultad de mala muerte, pero no entrarás en una buena universidad. Ni por asomo. Es hora de tomarse las cosas en serio. ¿No crees?

Todd puso cara de vergüenza y asintió con la cabeza:

—Sí, claro. Vale. Lo… Lo haré mejor. Espero.

En ese momento todos los ojos giraron hacia mí.

Sentí calor en las mejillas. No tenía prevista esa parte. No había pensado que leer mis notas en alto iba a ser un problema, pero lo era.

Antes de que mamá pudiera preguntar, dije:

—No las quiero leer. Y no quiero que nadie me diga que mis notas de quinto son importantes, porque sé que no lo son. Además están basadas en un montón de información inútil que podría memorizar cualquier descerebrado. Los exámenes, las notas y todo eso es… es una estupidez.

Silencio conmocionado.

Después, con voz tranquila, papá dijo:

—Haz el favor de leernos tus notas, Nora.

Negué con la cabeza:

—Puedes mirarlas si quieres, pero yo no pienso leerlas. Mis notas son asunto mío y de nadie más.

Papá empezó a decir algo, pero mamá le interrumpió:

—Nora, sé que te puede resultar difícil, pero es preciso. Estás en quinto. Tienes que hacerte a la idea de que las notas son importantes. Muy importantes. Así que, por favor, lee las tuyas. Sabemos que todos somos diferentes, y que no todos podemos hacer las cosas igual de bien. No te vamos a comparar con Todd ni con Ann ni con nadie. Sólo queremos hablar del colegio y de cómo te va, hablar de ello como una familia.

No cedí ni un milímetro:

—No hay nada de qué hablar. ¿Puedo retirarme?

Ésa fue la gota que colmó el vaso:

—¡No! —gritó papá—. ¡No puedes retirarte! ¡No vas a levantarte de esta mesa hasta que leas esas notas a tu familia!

Coloqué el sobre cerrado sobre el mantel:

—Bueno —dije—. Estaré aquí lo que quieras, pero no pienso leerlas.

Pasaron en silencio tres largos minutos. Entonces me crucé de brazos y apoyé la cabeza sobre la mesa.

Todd se aclaró la garganta y dijo:

—Papá, la madre de Tommy va a llegar dentro de diez minutos. Nos va a llevar al cine en coche y tengo que prepararme. ¿Puedo irme ya? Por favor. ¿Y podrías darme algo de dinero?

Cinco minutos después me quedé sola.

Cerca de las nueve y media junté tres sillas para tenderme sobre ellas. Me quité los zapatos, retiré un montón de cosas de la mesa y me cubrí con el mantel.

Me dormí, así que no estoy segura del tiempo que pasó. Pero era tarde y oí que mamá susurraba:

—Llévala a la cama, Jim. Ha ganado este asalto, debemos admitirlo.

Mantuve los ojos cerrados.

Papá dijo:

—Pues sí, es una pequeñaja dura de roer. Sería una gran abogada, no cabe duda. Pero para eso tiene que ingresar antes en alguna facultad de Derecho.

Oí el sonido de papel rasgado. Y supe de qué se trataba. Estaba abriendo el sobre.

Le oí inspirar profundamente, y después:

—¡Santo Cielo! ¡No me extraña que no quisiera leerlas! Mira, Carla… ¡D en todo! En todo menos ortografía, en eso tiene ¡una C!

—¡Dios mío! —ésa era mamá—. ¡No me lo puedo creer! ¿Pero cómo ha podido pasar esto?

Papá dijo:

—Bueno, ¡la despertamos, le cantamos las cuarenta y nos enteramos!

Mamá dijo:

—No, Jim, ahora no. La pobre…, piensa lo avergonzada que estará con estas notas tan horrorosas. Llévala arriba. Ya hablaremos mañana.

Sentí que el mantel se deslizaba por mi espalda y mis piernas, y los fuertes brazos de papá me levantaron.

Hacía mucho que papá no me llevaba a la cama.

Oí que mamá nos seguía por las escaleras:

—Ten cuidado, no vayas a darle en la cabeza con algo.

Papá contestó bajito:

—Con esas notas que saca, no creo que le afectara demasiado.

—Eso no tiene ninguna gracia —protestó mamá.

Me alegré de que no intentaran ponerme el pijama porque estoy segura de que me habrían hecho cosquillas. Mamá se limitó a quitarme los calcetines; después me cubrió con el edredón hasta la barbilla, me besó suavemente en la frente y cerró la puerta.

Abrí los ojos y contemplé la oscuridad.

Me pregunté si habría trazado bien mi plan. Porque primero pensé en lo que quería conseguir, después en todos los pasos que tenía que dar, y en cómo esos pasos conducirían los de otras personas. Había reflexionado un montón, y lo había dado por bueno.

¿Pero había tenido en cuenta cada cosa que podía salir mal a cada paso? ¿Había previsto los distintos modos de resolver cada posible problema?

Tumbada en la oscuridad tuve que afrontar un hecho: no sabía si mi plan iba a funcionar hasta que funcionara. O no.

INCOMUNICADA

Ann y Todd no se habían levantado aún cuando bajé a la cocina el sábado por la mañana. Mis padres estaban sentados a la mesa con sus tazas de café delante. Me di cuenta de que me esperaban.

No me gustaba nada esta parte del plan. Esta parte del plan iba a ser dura para papá y mamá. Y lo mismo iba a pasar con otras partes. No se lo merecían, pero no había forma de evitarlo. Al fin y al cabo, no era yo quien había inventado las reglas por aquí.

Mamá no dijo ni "buenos días". Dijo:

—Anoche vimos tus notas, Nora.

Papá meneó la cabeza y gruñó:

—Son las peores notas que he visto en mi vida; ni las mías eran tan malas.

Yo dije:

—No quiero hablar de eso. Ésas son mis notas. Todas D, menos una C. Son mis notas, y no quiero hablar de ellas.

—Por favor, Nora —dijo mamá—. Tiene que haber un motivo para que las hayas sacado tan malas. ¿No eres feliz? ¿Te molesta algún niño del colegio? ¿Te encuentras mal? ¿Hay otra razón?

Negué con la cabeza mientras revisaba la fila de cajas de cereales del estante. Eché unos copos de maíz a un bol y dije:

—No quiero hablar de eso, mamá. Tengo las notas que tengo, y ya está.

Papá explotó:

—¡¿Que ya está?! ¡Muy bien, pues entonces estás castigada, señorita! ¡Y ya está! No quieres decir ni pío ni quieres que te ayudemos, así que atente a las consecuencias. Vas a quedarte en tu habitación hasta que te decidas a colaborar.

Mastiqué mis cereales, tragué, tomé un sorbo de jugo de naranja y dije:

—Por mí no hay problema. ¿Me está permitido leer o tengo que sentarme en un rincón a mirar las flores del papel pintado? —estaba siendo mucho más impertinente que de costumbre, porque eso también formaba parte del plan.

Mamá puso la mano sobre el brazo de papá y dijo:

—Haz el favor de ser más respetuosa, Nora. Tú no eres así. Y a nosotros ya nos conoces. Sólo queremos ayudarte, pero primero tienes que ayudarnos tú.

Los miré:

—No necesito ayuda. ¿He pedido que alguien vaya al colegio a hacer mis exámenes? ¿O que alguien lea mis trabajos? ¿O que me haga los deberes? No necesito ayuda de nadie.

No volvieron a decir nada, ni yo tampoco. Después de tomar mi última cucharada de cereales, bebí la leche del bol, me limpié el labio superior, dejé la servilleta en la mesa, me levanté y puse el bol, la cuchara y el vaso en el lavaplatos. Después dije:

—Estaré en mi habitación.

Pasé el resto del sábado leyendo el artículo sobre la historia de China de la *Británica*. Era muy largo, de unas 500.000 palabras. Lo había estado leyendo a ratos casi toda una semana y sólo había llegado al 1368 a. C., es decir, al principio de la dinastía Ming. Me vino bien tener un tiempo de lectura obligado.

Se me permitía salir de mi habitación a las horas de las comidas, y el domingo fui a la iglesia con toda la familia, pero al volver, directa a la celda.

Hacia las ocho de la noche del domingo, mientras estaba tumbada, leyendo, mamá entró y se sentó en el borde de la cama. Sabía para qué venía: me iban a levantar el castigo. Como había supuesto, a menos que seas una adolescente que salga con amigos y que tenga dinero para gastar cuando sale, dejarte encerrada es un castigo sin sentido.

Y, como me imaginaba, las primeras palabras de mamá fueron:

—Nora, tu padre y yo hemos decidido levantarte el castigo. Pero no quiero que pienses que no estamos preocupados por lo ocurrido. Lo que ha pasado no es propio de ti, Nora.

Levanté la vista del libro:

—¿Qué no es propio de mí? ¿Y qué es propio de mí?

Mamá sonrió:

—Pues ser dulce y reflexiva, y tratar de hacer las cosas lo mejor posible, Nora. Tú eres así —dijo. Yo resoplé, pero mamá ignoró la interrupción—. Y si necesitas ayuda, tienes inteligencia suficiente para pedirla.

—Ya te lo he dicho, mamá. No necesito ayuda. ¿Y desde cuándo soy dulce o reflexiva?

Mamá siguió concentrada en su tema preferido:

—No hay nada malo en pedir ayuda. Todos la necesitamos de vez en cuando. Además, no querrás tener fama de ser una dejada en el trabajo. Las notas son muy importantes, Nora. Así que, te guste o no, lo primero que vamos a hacer tu padre y yo mañana por la mañana es ir hablar con la señora Hackney. No es corriente que se permita sacar todas esas D, y una C, a una estudiante normal. Y tu padre y yo no hemos recibido ni una carta de advertencia del colegio, ni una. Van a tener que dar unas cuantas explicaciones —hizo una pausa y me miró a los ojos—. Lo entiendes, ¿verdad, Nora? No queremos avergonzarte, pero tenemos que llegar al fondo del asunto.

Me encogí de hombros y dije:

—Claro. Lo entiendo.

Y lo entendía. Había previsto que irían al colegio después de ver esas notas.

Mamá se levantó y se dirigió a la puerta, pero se detuvo antes de salir; se volvió y dijo:

—Papá y yo te queremos mucho, Nora.

La miré y dije:

—Yo también.

Y eso era un hecho.

Pero, allí tumbada en la cama, me pregunté si mamá sería capaz de seguir diciendo lo mismo dentro de una semana o dos.

OPERACIÓN DE VIGILANCIA

—Así que estás castigada… ¿como para siempre? —fue la primera pregunta de Stephen cuando nos encontramos en la parada de autobús el lunes. Debía haberme llamado por teléfono el sábado o el domingo. Aunque no me solía llamar mucho por entonces, y sólo lo hacía para preguntarme cosas de los deberes.

—No —contesté—. No estoy castigada. Ya no. Pero papá y mamá van a hablar con la directora esta mañana. Ya te contaré.

—No entiendo cómo has *podío* sacar esas notas tan malas —dijo Stephen—. Nunca lo haces peor que yo.

Ignoré su mal lenguaje y me encogí de hombros.

—Bueno, pues ésta vez sí.

Quería hacerme más preguntas, pero Lee y Ben se acercaban por la calle metiendo bulla, y Ben gritó:

—¡Eh, Stephen! ¿Sabes qué? ¡Me han dado cuarenta dólares por mis notas! ¡Y ya tengo el nuevo juego de los Sims!

Fue como si yo hubiera desaparecido.

Ésa era otra de quinto. Stephen ni siquiera intentaba incluirme en el grupo cuando estaba con sus amigos, pero yo no me lo tomaba a mal. Además, me venía bien ir sola en el autobús porque tenía mucho en que pensar.

Mi primera clase era lengua y, un lunes más, la señorita Noyes nos llevó a la biblioteca. La sección de prensa estaba en el vestíbulo, justo en frente de la oficina, así que agarré un ejemplar de la revista *Time* y me senté en una silla desde la que veía el vestíbulo. Fingí que leía, pero estaba en plena operación de vigilancia.

A las 9.07 vi entrar a papá y mamá. La señora Hackney salió de su despacho y les dio la mano. Entraron los tres al despacho y cerraron la puerta.

A las 9.14 el altavoz de la biblioteca campanilleó, y se oyó la voz de la secretaria:

—Señorita Noyes, acuda a la oficina, por favor.

La señorita Noyes cruzó el vestíbulo, y la secretaria la hizo pasar al despacho de la directora.

A las 9.16 la señorita Noyes salió a toda prisa y se dirigió a su clase. Volvió a todo correr con algo en la mano: su cuaderno verde de calificaciones.

Me imaginaba con bastante exactitud lo que estaba pasando en el despacho.

A las 9.23 mis padres salieron. Me tapé con la revista por si acaso miraban en mi dirección. Pasó un minuto: campo libre.

La señorita Noyes regresó a la biblioteca, y yo seguí con los ojos fijos en la página que tenía delante, pero tengo buena visión periférica. La señorita Noyes me dedicó una mirada larga y pensativa. Después entró en el despacho de la bibliotecaria, cerró la puerta y se puso a hablar con la señorita Byrne. Cuando levanté la vista, un minuto más tarde, ambas me contemplaban.

En la cuarta clase, la de matemáticas, la señorita Noyes debía haber hablado ya con la señorita Zhang, porque ésta, después de revisar los deberes, se dirigió a mí y dijo:

—¿Lo entiendes bien, Nora?

Y cuando nos puso un trabajo nuevo se me acercó y me pidió que hiciera dos problemas delante de ella. Era la primera vez que hacía algo así.

Ocurrió más o menos lo mismo durante todo el día. Los maestros me prestaron más atención, como si quisieran controlarme todo el rato. Y entendía el porqué.

Si los niños tienen calificaciones bajas creen que el asunto sólo les afecta a ellos, pero no es así. El hecho es éste: si el alumno saca mala nota, el maestro saca mala nota. Y el director. Y el colegio en pleno y el pueblo entero. Y no hay que olvidar a los padres. Una mala nota para un niño es una mala nota para todo el mundo.

Al acabar las clases fui corriendo al centro de medios porque quería llegar antes de que todos los ordenadores estuvieran ocupados.

Desde primer curso me quedaba en el colegio después de clase, en el programa de día completo, y podía ir tanto a la biblioteca como al gimnasio. Casi siempre iba a la biblioteca. Stephen se quedaba también porque sus padres, igual que los míos, trabajaban. Pero él sólo iba a la biblioteca de tarde en tarde.

Mi ordenador favorito del rincón estaba desocupado así que me senté y escribí mi contraseña. Cuando el sistema me reconoció, abrí el explorador de

Internet, fui a Google y tecleé: "Pruebas de Aptitud de Connecticut". Había un montón de páginas web y busqué mi favorita. Enumeré nueve formas en que el estado podría mejorar el examen. Llevaba unos tres minutos conectada cuando vi que se acercaba la señorita Byrne; abrí rápidamente una página para niños sobre corrientes oceánicas. No quería que viera lo que estaba haciendo.

La señorita Byrne sonrió y dijo:

—Nora, acabo de recibir una llamada de la señora Hackney. Quiere hablar contigo en su despacho.

—¿Ahora? —pregunté—. ¿Hoy?

Asintió:

—Es lo que ha dicho. Te acompaño, ¿de acuerdo?

—Claro —dije—. ¿Dejo mis cosas aquí o me las llevo?

—Más vale que te las lleves, no vayas a perder algo.

Agarré mi libro, mi mochila y mi chaqueta. Mi cerebro empezó a viajar a un millón de kilómetros por hora. Esa charla con la señora Hackney no formaba parte del plan.

"Bueno, ¿y qué?", dije para mí. "Sabías que tarde o temprano ocurriría algo así, ¿no? Pues eso, pues no pasa nada porque ocurra muchísimo antes de lo debido. No pasa nada".

Cuando llegamos al despacho de la directora había conseguido tranquilizarme.

"No pasa nada", me repetí.

Entonces se abrió la puerta.

Sí pasaba, pasaba mucho, pasaba de todo.

Papá y mamá estaban sentados a la redonda y enorme mesa de reuniones con la señorita Noyes y la señorita Zhang y la señorita Card y el maestro de música y la señorita Prill, maestra de arte, y el señor Mckay, maestro de gimnasia, y el doctor Trindler, consejero escolar.

La señorita Byrne entró detrás de mí y se sentó al lado de la señorita Noyes.

Todos estaban allí. Mis maestros al completo. Y mis padres. Y el consejero escolar. Y la directora.

La señora Hackney se levantó, me sonrió y asintió con la cabeza. Supongo que mi expresión debió denotar el terror que sentía porque dijo:

—No te preocupes, Nora, no tienes nada que temer. Piensa que esto es como una pequeña reunión de amigos. Cuando tus padres vinieron esta mañana, pensé que sería buena idea que nos reuniéramos para hablar de tus notas. Siento no haberte advertido, pero no queríamos que te pasaras todo el día preocupada, porque, sinceramente, no hay por qué preocuparse. Siéntate ahí entre tus padres, por favor, y recuerda: estamos aquí sólo para ayudarte.

Todos me sonreían y asentían con las cabezas mientras yo me sentaba.

En ese momento advertí un hecho importante: ser muy inteligente no significa que no puedas tener un clásico ataque de pánico en toda regla.

EL ELEMENTO SORPRESA

Sentada allí, a la gran mesa redonda, entre papá y mamá, me sentí como atrapada en un sándwich. Se iba a comer en el despacho de la directora y el plato principal era Nora en rodajas.

A la señora Hackney le gustaban las reuniones concurridas. Las hacía con frecuencia. Casi todas las semanas organizaba una asamblea escolar o una reunión de quinto curso o de segundo curso o algún tipo de encuentro de alumnos y maestros. Decía que eso daba "cohesión" al colegio y que vernos las caras unos a otros creaba "buena dinámica de grupo" y, además, que en esos grandes grupos podíamos resolver los problemas entre todos, en un segundo. Estaba claro lo que tenía en mente para ese día.

Se sentó y tomó el mando:

—Ya que el señor y la señora Rowley han solicitado que todos ustedes estén presentes, deberían contarles algunos de los asuntos que me han comentado esta mañana. Tal vez así los maestros de Nora puedan darles una explicación. Y tal vez Nora, si lo desea, pueda añadir algo. ¿Les parece bien?

Mamá asintió, sonrió y se aclaró la garganta. Le encantaba hablar la primera. Ni los directores ni los maestros ni los consejeros la amedrentaban. Ni lo más mínimo. Había tratado de manejarlos durante siglos (desde que intentó que incluyeran a Ann en el programa para superdotados con dos años de antelación).

Mamá dijo:

—Les agradecemos que hayan tenido la amabilidad de acudir a esta reunión. Es una de las cosas que nos gusta de las escuelas de Philbrook. Aparte de las notas de Nora, nos preocupa sobremanera que no nos hayan advertido de que había un problema; no hemos recibido ni una nota ni una llamada telefónica. Y nos gustaría saber por qué.

Nadie dijo ni pío durante tres segundos. Por fin la señorita Byrne comentó:

—Yo sólo puedo hablar del trabajo de Nora en la biblioteca, por supuesto, pero lo que ha ocurrido está bastante claro.

La señorita Byrne tenía abierto sobre la mesa su cuaderno de calificaciones, al igual que mis demás maestros. El corazón me latía con tanta fuerza que estaba segura de que papá y mamá lo escuchaban.

La señorita Byrne deslizó su dedo índice a lo largo de una fila de números.

—En las tres primeras pruebas y en la búsqueda inicial de documentación, las puntuaciones de Nora dieron una media del setenta y dos por ciento, es decir, una C baja. Eso fue lo que obtuvo en la séptima semana del período. Al acabar este período es cuando se envían las cartas de advertencia, si son necesarias, pero como Nora no sacó una D o menos, no hubo advertencia. En la prueba siguiente y en el proyecto final de búsqueda en Internet, lo hizo bastante mal, y eso le bajó la nota. Incluí tales puntuaciones, calculé el porcentaje y pasó lo que pasó —la señorita Byrne me miró y sonrió—. Nora es una de las mejores visitantes de la biblioteca, por lo que no me gustó tener que ponerle una D, pero fue debido a eso.

La señorita Zhang asintió:

—Exactamente —dijo—. Los números son los números y el porcentaje es el porcentaje. Lo mismo le ha pasado en ciencias y en matemáticas. Sus notas bajaron de golpe al final del período, y eso fue todo. Ni aviso para ustedes ni aviso para mí.

Mis otros maestros empezaron a subir y a bajar cabezas y a decir que a ellos les había pasado lo mismo. El señor Mckay se aclaró la garganta y explicó:

—Ídem de ídem en gimnasia. Iba aprobando, pero en la carrera de obstáculos de las clases de mantenimiento sacó una F como una casa. Así que su nota media bajó a D.

Me di cuenta de que a papá no le había hecho ninguna gracia lo de "una F como una casa", pero a mí sí. Estaba orgullosa de esa F. Apuesto a que era la única niña en la historia del colegio que había fallado la carrera de obstáculos de las clases de mantenimiento. Hacía falta mucha creatividad para aparentar total descoordinación de movimientos y absoluta falta de forma física.

El doctor Trindler dijo:

—Me gustaría hacer una observación.

Era el consejero escolar y el psicólogo del distrito. Abrió una carpeta enorme y empezó a esparcir papeles a su alrededor. Yo sabía de qué se trataba. Era el expediente académico de Nora Rowley: contenía todos los informes de los cinco años que llevaba en la Escuela Primaria de Philbrook.

Mirando los papeles que tenía sobre la mesa, el doctor Trindler unió las palmas de las manos y las curvó, de manera que sólo las puntas de sus dedos largos y delgados se tocaron; juntó las palmas, las separó, las juntó, las separó. Sus manos parecían una araña haciendo flexiones sobre un espejo.

Se ajustó las gafas e intentó sonreír a mis padres. A mí ni me miró.

—Señor y señora Rowley, sé que este tipo de notas pueden ser motivo de disgusto pero, sinceramente, tales calificaciones no se salen demasiado del perfil obtenido por Nora en las Pruebas de Aptitud o de su expediente académico en la escuela primaria. El sistema escolar de Philbrook tiene unos estándares muy altos. Nora ha sido una estudiante de nivel medio, ni más ni menos, con posibilidades de avanzar o de retroceder. Y a veces las notas pueden bajar en lugar de subir. Eso es todo. Y el cambio puede estar relacionado con asuntos de toda índole: el estrés inusual en casa, la pérdida de un empleo, la muerte de un familiar… Incluso pequeños cambios pueden originar a veces un gran problema.

Papá se levantó de inmediato, se inclinó hacia delante y dijo:

—¿Me está echando la culpa a mí? ¿Es eso lo que pretende? Aquí no estamos hablando de mi trabajo ni de nuestra vida familiar. Nora ha tenido al menos una docena de insuficientes y ni siquiera sabían que todos estaban haciendo lo mismo. Ni uno solo de ustedes se ha tomado la molestia de ayudar a una niña que claramente necesitaba su ayuda. ¿Y ahora resulta que la culpa es mía? No me gusta nada oír eso. Pero nada.

La señora Hackney intervino:

—Estoy segura de que el doctor Trindler no ha querido decir que sea culpa de nadie, señor Rowley. Lo último que intentamos aquí es buscar un culpable. Sólo queremos entender lo ocurrido para hacer los ajustes necesarios.

Papá continuó de pie, y la señora Hackney no quiso preguntarle si tenía algo más que decir porque se veía claramente que lo tenía. En vez de eso continuó hablando:

—Bien, aún no hemos escuchado a Nora.

Me miró muy sonriente y añadió:

—Nora, ¿puedes decirnos algo que nos ayude a comprender lo ocurrido al acabar este primer período?

Yo no había previsto esa reunión, pero me percaté de que era una ocasión única para hacer algo interesante. Tenía delante a mis padres y a mis maestros. Podía impresionarlos a todos, en un segundo. Traté de calmarme y de pensar lo que tenía que decir. Tenía que ser algo… notable. Algo sorprendente, algo que hiciera que todos… dudaran.

Dije:

—Ummm… —porque trataba de pensar en algo asombroso.

Y añadí:

—Bueno… —porque seguía pensando.

Y entonces lo encontré: era perfecto.

Dije:

—Umm… supongo que no lo he hecho muy bien en clase y todo eso, pero las notas no me preocupan. Me gusta sacar D.

Papá y mamá se quedaron tiesos.

La señora Hackney esperó un momento. Después, muy despacio, preguntó:

—¿Te gusta sacar D? ¿Qué quieres decir con eso, Nora?

—Pues, eso… la D —dije—; la D tiene una forma tan bonita…

Y puse esa sonrisita un poco ida de profunda felicidad.

Sobre la habitación cayó un silencio de muerte.

Y me di cuenta de otro hecho: cuando quiero, soy una actriz consumada.

La señora Hackney fue la primera espectadora que resucitó:

—Eso es muy… interesante, Nora —dijo; echó un vistazo a la concurrencia y añadió—: Bien. Me parece que ya tenemos bastante en que pensar. Sé que todos los presentes ayudarán a Nora a sacar mejores notas el próximo período, y también sé que nuestro personal hará todo lo necesario para mantenerse en contacto con sus padres —hizo una pausa y añadió—: Hay otra cosa; he hablado de ello con el señor y la señora Rowley esta mañana. He sugerido que sería conveniente hacerle a Nora alguna evaluación adicional, y ellos están de acuerdo. De ese modo sabremos qué clase de ayuda necesita. Les pongo sobre aviso de que el doctor Trindler necesitará sacar a Nora de clase de vez en cuando durante los próximos días —miró a los asistentes con una sonrisa y dijo—: Todos de acuerdo, entonces. Si nadie quiere añadir nada más, nuestra pequeña reunión se da por concluida. Gracias a todos por asistir.

Miré el reloj. La reunión había durado nueve minutos. Me había parecido mucho más larga. Y era probable que a papá y a mamá les hubiera parecido muchísimo más larga.

Ya en el vestíbulo papá dijo:

—¿Tienes tus cosas, Nora? Nos vamos a casa los tres.

Contesté que sí, así que nos dirigimos a la puerta.

Cuando salimos tuve que trotar para seguir el paso de mamá. A medio camino del coche ella dijo:

—¿De qué demonios hablabas ahí dentro, Nora? ¡¿Que te gusta la forma de la D?! ¿Y se puede saber qué significa eso?

Me encogí de hombros:

—Nada. Sólo lo dije por decir algo.

Papá murmuró:

—Pues es un algo sin el menor sentido.

No hubo mucha conversación durante el viaje a casa.

Así que me dediqué a analizar la situación, y llegué a las siguientes conclusiones:

1. Tenía a una banda de adultos
pendientes de mis notas.

2. Tales adultos estaban convencidos
de que era tonta.

3. Mamá tenía tal disgusto
que no podía ni hablar.

4. Papá estaba deseando atizarle
un golpe a alguien.

5. El colegio iba a hacer una
"evaluación adicional". De mí.

Decidí que, al final, había sido un día bastante
provechoso.

MUERTE EN LA CARRETERA

El martes por la mañana al llegar al colegio vi una ardilla muerta en la carretera. Debía de llevar allí un buen rato, porque había un grupo de peatones contemplándola desde la acera y comentando animadamente si habría sido atropellada por un coche o por un autobús. No era una buena forma de empezar el día, ni me hizo sentirme precisamente orgullosa de pertenecer al género humano.

La señorita Noyes me dio una nota en clase que decía: "Por favor, acuda al despacho del doctor Trindler después de comer. Deberá pasar allí las clases sexta y séptima". Era una noticia asquerosa. Me iba a perder ciencias y música, dos de mis clases preferidas.

Y sabía lo que se avecinaba: evaluación; de mí.

Al principio de la primera clase, la de lengua, teníamos un tiempo para leer; Stephen se acercó y se sentó a mi lado, en los cojines del rincón de lectura. Con su libro en ristre susurró:

—Ya me he enterado de tu gran reunión de ayer.

—¿Ah, sí? —pregunté—. ¿Y cómo?

—¿Cómo? —contestó—. Porque lo sabe todo el colegio, por eso. He oído que Jenny Ashton estaba en la enfermería al acabar las clases y vio que la señorita Byrne te llevaba al despacho y que allí estaban todos los maestros y tus padres. Además, todo el mundo sabe lo de tus notas. Aunque creo que de eso tengo la culpa yo, porque se lo dije a Ellen y ella se lo contó a Jenny. Siento haberlo hecho. Y siento muchísimo que tengas problemas tan gordos. ¿Te gritaron y demás?

—Claro que no —dije—. Y no tengo ningún problema.

Stephen frunció el entrecejo y preguntó:

—¿Seguro? Porque mi mamá me metería en una academia militar o algo por el estilo si yo sacara una sola D, y con un porrón de ellas ni te cuento… Y Jenny dijo que saliste del despacho llorando y que tu mamá te había agarrado por un brazo y te llevaba a rastras.

—¡¿Qué?! ¡Eso es mentira! —lo dije tan alto que la señorita Noyes levantó la vista del libro y me dedicó un fruncimiento de ceño. Hice como que leía hasta que no hubo nadie cerca. Después siseé:

—Ni me gritó nadie ni hubo nadie que derramara una sola lágrima, y yo menos. ¡Oooh!… ¡Esa Jenny Ashton se va a enterar!

Stephen necesitaba más pruebas de que no había sido torturada ni nada por el estilo:

—Entonces… si no te gritaron, ¿qué te dijeron?

—Pues no gran cosa —susurré—. Mamá quiso saber por qué no había recibido ninguna advertencia sobre mi bajo rendimiento. Y los maestros tuvieron que explicarle cómo había sido lo de mis notas. Todo fue bastante estúpido. Saqué malas notas porque hice mal los exámenes, puf. Y ahora quieren hacerme más pruebas para ver si soy tan tonta como creen.

—¡Tú no eres tonta! —dijo Stephen—. Eso lo sé hasta yo, que sí lo soy.

Le di un empujoncito en el brazo.

—No digas eso jamás, Stephen. Me pone mala que lo digas.

Se encogió de hombros.

—Eres tú la que dice que hay que afrontar los hechos, así que afronta éste: soy tonto.

Volví a empujarle, y a causar demasiado alboroto.

—Nora —dijo la señorita Noyes con su voz baja de tiempo de lectura—. O lees en silencio o te siento en otro sitio y te pongo a hacer otra cosa. Última advertencia.

Yo asentí con la cabeza y metí la nariz en el libro, pero a Stephen le susurré:

—Sacar malas notas no significa que seas tonto, y no tengo ningún problema..., y si ves a la Jenny Ashton esa, le dices que ¡o acaba con esos asquerosos rumores o acabo yo con ella!

Cuando fui a mi taquilla, después de la primera clase, Charlotte Kendall se me acercó. Charlotte lleva una cinta en el pelo, de un color diferente cada día, y siempre sostiene los libros y los cuadernos bien apretados contra el estómago con ambos brazos. Susurró, pero el susurro de Charlotte equivale a un vozarrón, así que consiguió hacerse con una buena audiencia:

—Nora..., he oído lo de tus notas. Tus notas medias... ¡deben de ser un desastre! ¿Qué vas a hacer? ¿Crees que podrás pasar? No podré soportar que te quedes atrás.

Sonreí como pude.

—No pasa nada, Charlotte. No me quedaré atrás, lo prometo.

—Bueno —contestó—. Pero si puedo ayudarte en algo, en lo que sea, me lo dices, ¿vale? Porque yo he sacado A en casi todo, y me gustaría ayudarte, de verdad, si tú quieres, ¿vale?

La miré intensamente, buscando indicios de sarcasmo en su cara o en sus ojos. No había ninguno… sólo dulzura. Charlotte sentía cada palabra que había dicho. Y no se jactaba de sus notas, sólo exponía un hecho.

Por eso sonreí y dije:

—Gracias, Charlotte. Tu ofrecimiento significa mucho para mí.

Y así era. Charlotte sentía de verdad lo que me pasaba. Me ayudó a recordar el hecho de que todos, absolutamente todos, estaban seguros de que yo afrontaba una crisis, una experiencia difícil.

Porque para los demás era un hecho irrebatible que las notas de quinto eran importantes. Y yo, con mis insuficientes, era como la *Sciurus carolinensis* que habían atropellado esa mañana.

Y en menos de tres horas el doctor Trindler iba a sacar sus instrumentos de medición para tratar de averiguar lo tonta que era en realidad esta ardilla.

ACORRALADA

A la hora de comer llovía, así que conseguí un pase para la biblioteca. Cuando el recreo se trasladaba al gimnasio había demasiado jaleo, y en la biblioteca pasaba justo lo contrario.

Me senté a una mesa situada junto a la pared del fondo para hacer los deberes de matemáticas. Estaba resolviendo el sexto problema a todo correr cuando una voz preguntó:

—¿Nora?

Me dio un susto de muerte. No había oído acercarse a la señorita Byrne. Ella sonrió y se disculpó:

—Siento haberte asustado. A veces no se oye nada con esta alfombra. ¿Puedo hablar contigo en el mostrador?

—Claro —contesté; me levanté y la seguí.

—Por aquí —dijo ella pasando detrás del mostrador y conduciéndome a la larga mesa de trabajo—. Quiero que leas algo que imprimí ayer —me tendió diez o quince folios grapados.

Lo reconocí al instante. Sabía lo que tenía en las manos. Fingí que leía el primer folio, pero apenas podía ver las palabras. Mi cerebro se había puesto a funcionar a toda máquina. Me había metido en un buen lío. Necesitaba una salida. Necesitaba una distracción de órdago: algo así como un simulacro de incendio o, mejor aún, como un terremoto.

Me costó un montón no respirar con rapidez, y tuve miedo de que se me pusieran las mejillas como tomates. Volví la segunda página, y la tercera, sin leer apenas, sólo para hacer tiempo.

Tenía que decir algo, así que dije:

—Parece una lista.

La señorita Byrne indicó:

—Vete a la página cinco, Nora, y lee alguna de las entradas en voz alta, pero no muy alta, por favor.

Pasé los folios y empecé a leer:

—Página de Internet para registrarse en el Instituto Tecnológico de Massachusetts. Cuestiones sobre la teoría de las ondas luminosas. JaneGoodall.org, página de inicio. La tecnología de la combustión celular llega a la mayoría de edad. Vehículos híbridos para los nuevos hogares. Anomalías de la fusión fría. Departamento de Egiptología del Field Museum. Richard Feynman: lecturas sobre...

La señorita Byrne me interrumpió:

—Gracias, Nora. Es suficiente. ¿Puedes decirme qué acabas de leer?

—Algo del ordenador, ¿no?

La miré a los ojos.

No se creyó mi representación de una ingenua. Ni un pelo.

Movió la cabeza a izquierda y derecha:

—Es más que algo del ordenador, Nora. Es más bien la información almacenada con tu contraseña en el servidor principal de la sección de informática. Cuando empecé a revisar el sistema ayer por la tarde, vi que quedaba un terminal encendido: el del rincón. Fui a apagarlo, pero algo del buscador de Internet me llamó la atención, algo sobre las Pruebas de Aptitud de Connecticut. Me parecía que ese ordenador no había sido utilizado por ninguno de los maestros, así que busqué la contraseña, y era la tuya, Nora. Olvidaste quitarla cuando te pedí que fueras a la reunión que se celebraba en el despacho de la directora. Sé que pensarás que estaba cotilleando, pero controlar la actividad en Internet de los alumnos es parte de mi trabajo. Por eso eché un vistazo.

Me miró a los ojos y añadió:

—Lo que tienes en las manos son los trece primeros folios de un total de 159 en los que se enumeran las páginas web que has visitado o a las que has accedido desde principios de curso. Tus archivos ocupan un espacio de almacenamiento de cinco gigabytes en el servidor. ¿Sabes lo que quiere decir eso, Nora? Creo que sí, pero voy a decírtelo de todos modos. Quiere decir que, en lo que llevamos de curso, has recopilado más información, a la que acceder y como referencia, que todos los alumnos de cuarto y quinto juntos. Sólo con echar un vistazo a las páginas web de los folios que tienes en la mano se ve que has hecho búsquedas intensivas sobre fuentes de energía alternativas; que te has carteado por medio de e-mails con una experta en primates del Instituto Jane Goodall; que tienes un profundo interés por los métodos pedagógicos; y que, aparentemente, has seguido un curso universitario por Internet de astronomía del Instituto Tecnológico de Massachusetts.

Volvió a hacer una pausa. Después, hablando muy despacio, dijo:

—Pero lo que me parece más interesante es el hecho de que tú eres la niña que ha suspendido su proyecto de búsqueda básica en Internet hace tres semanas y que ha sacado una D en técnicas de biblioteca. En fin, Nora, ¿qué debo pensar de todo esto?

La señorita Byrne me tenía en sus manos. Estaba atrapada.

Cuando se acorrala a un animal, los zoólogos afirman que reacciona con una de tres respuestas instintivas. Pero yo no me considero un animal. No podía luchar, ni salir corriendo, ni hacerme la muerta. No era buen momento para escuchar al instinto. Tenía que pensar en mi propio modo de salir de aquel atolladero.

No es casual que en los dibujos animados se represente una idea con una bombilla porque, cuando se te ocurre una, parece que alguien haya pulsado un gran interruptor.

Y, justo allí, enfrente de la señorita Byrne, se encendió la bombilla… y me deslumbró: sí, estaba acorralada, sin duda, pero el corral era grande, no tenía ninguna necesidad de salir de él. Había sitio de sobra para otra persona.

De hecho me di cuenta de que era mucho mejor tener a alguien a mi lado.

POR AHORA

Había visto a la señorita Byrne casi todos los días de clase desde el primer curso; más de setecientos días de colegio. En muchos de esos días había pasado más horas en la misma habitación con ella que con papá o mamá. Por eso había dispuesto de mucho tiempo para formarme una opinión sobre ella. Y, en mi opinión, la señorita Byrne era una de las mejores personas del colegio. Nunca la había visto enfadada; era amable y abierta. Lo cual tenía sentido… Una persona de mente estrecha no puede ser bibliotecaria.

Y en ese momento la tenía frente a mí, esperando. Quería que le explicara por qué una niña con tan malas notas se interesaba por temas tan diversos en Internet.

Una de las primeras cosas que aprendí en el colegio fue a leer la cara de los maestros. Es una habilidad necesaria para sobrevivir en la escuela y todos los alumnos saben hacerlo. Pero mientras permanecíamos allí, cara a cara, en la biblioteca —yo mirando hacia arriba, ella mirando hacia abajo—, no podía ni imaginarme lo que pasaba detrás de los ojos marrón verdosos de la señorita Byrne. Por eso empecé a hablar con precaución:

—Me gusta leer sobre muchas cosas.

Ella sonrió un poco:

—Eso ya lo sé, Nora. Lo que quiero saber ahora es por qué has sacado esas notas. Tengo muy claro que no eres una estudiante de nivel medio-bajo, ni siquiera de nivel medio. Para nada. Y has estado fingiendo que lo eres ante mí y ante todo el colegio —se detuvo e inclinó la cabeza, como pensando en algo más. Entonces añadió—: Y tus padres tampoco saben lo brillante que eres, ¿verdad? —negué con la cabeza—. ¿Por qué lo has guardado en secreto?

Le conté la verdad de la forma más sencilla que pude:

—No quería ser diferente. Quiero decir que ya sé que lo soy, pero no quería que todo el mundo me tratara como si lo fuera. Eso no es asunto de nadie.

La señorita Byrne asintió con la cabeza, lentamente:

—Creo que eso puedo entenderlo, pero ¿por qué has sacado tan malas notas?

Debía confiar en ella; no tenía alternativa:

—Las saqué a propósito —dije—. Estoy intentando hacer algo... sobre las notas. Todo el mundo les da demasiada importancia.

Las cejas de la señorita Byrne se unieron sobre la nariz. Meneó la cabeza y dijo:

—¿Pero para qué tantas D? ¿Qué sentido tiene?

—Bueno —contesté—, esas D han conseguido que mis maestros y mis padres y la directora hablen y piensen sobre las notas, ¿verdad? Y espero hacerles pensar mucho más sobre ellas, y sobre los exámenes. Es que tengo una especie de… de plan —la miré a los ojos y añadí—: Pero si usted se lo dice a alguien no creo que funcione.

Sin respuesta.

—¿Y qué intentas conseguir con ese… plan?

—Nada malo —contesté atropelladamente. Estuve a punto de hablarle de Stephen, pero no lo hice. No quería que nadie supiera que él estaba relacionado. Así que dije—: Los niños no suelen comentarlo, pero si sacan malas notas creen que son tontos, y eso casi nunca es cierto. Y las buenas notas hacen creer a los otros que son mejores, y eso tampoco es verdad. Y todos empiezan a competir y a compararse entre ellos. Los listos se creen más listos y se convierten en unos creídos, y los regulares creen que son estúpidos y que nunca podrán alcanzar a los listos. Y la gente que se supone que debe ayudarlos, padres y maestros, no lo hacen. Se limitan a presionarlos más y a hacerles más y más pruebas.

Los ojos de la señorita Byrne brillaron y negó con la cabeza:

—Pero los maestros tampoco están de acuerdo con tanta prueba. A mí no me gusta calificar lo que hacen los niños en la biblioteca. Una biblioteca no está para eso. O sea, el problema no depende sólo de los maestros, es una cuestión de los consejos escolares, y de los Estados, y del gobierno federal.

Entonces sus pálidas mejillas se colorearon, una chispa. La señorita Byrne intentaba disimularlo, pero su sonrojo la avergonzaba. No quería demostrarme lo que sentía. Pero ya lo había hecho.

Fingí no darme cuenta, y dije:

—Bueno, de cualquier modo, tenemos que hacer exámenes y tienen que darnos notas y, por supuesto, tales notas se utilizarán para introducirnos en los diferentes niveles de sexto: el de los listos y el de los tontos. Y no me gusta cómo se hace y me gustaría cambiar algo.

La señorita Byrne preguntó:

—¿Y no es peligroso, para ti, quiero decir, sacar notas tan malas?

—Quizá —contesté—, pero yo tengo una especie de inmunidad. Soy inteligente, y sé que lo soy; y cuando tenga que demostrarlo, lo demostraré. Mis notas no importan tanto como las de otros niños. Y tampoco me importa meterme en líos. No lo hago para divertirme, ni lo hago por mí —hice una pausa y añadí—: Y creo que puedo hacerlo sin ayuda de nadie… por lo menos eso espero.

Había echado el cebo, y la señorita Byrne se daba cuenta de la treta, pero, aún así, mordió el anzuelo.

—¿Y qué clase de ayuda necesitarías?

En ese momento lo supe. No me había equivocado al juzgarla: era una buena persona.

Le sonreí ampliamente:

—¿Haría eso por mí? ¿Me ayudaría?

—No he dicho eso —contestó—, pero no veo que hayas incumplido ninguna norma del colegio. A tus padres les gustaría saber que tienen un genio en casa y pienso que deberías decírselo, pero lo demás queda entre tú y yo —sus ojos buscaron los míos—. No sé si podré ayudarte, pero no hay nada en mi contrato de trabajo que me obligue a dar parte de cada conversación que mantengo con cada alumno. Así que esto queda entre nosotras. Por ahora, al menos. ¿Entiendes?

Asentí.

—Sí, y es una gran ayuda… por ahora. Muchas gracias, señorita Byrne.

Asintió y me sonrió, pero sólo un poquito. Había preocupación bajo su sonrisa. No sabía si estaba preocupada por ella o por mí.

Quizá fuera por las dos.

BAJO EL MICROSCOPIO

—¡Nora! ¡Bienvenida!

Era la quinta clase. El doctor Trindler me condujo a una silla situada frente a él en una mesa cuadrada. Parecía un poquito demasiado contento, pero no le di importancia. Yo era su gran proyecto de la tarde, y me imaginé que le gustaba su trabajo.

El doctor Trindler tenía dos ocupaciones: era el consejero escolar de nuestro colegio y el psicólogo de las tres escuelas de primaria y de secundaria de Philbrook. Dos paredes de su despacho estaban cubiertas de placas, diplomas y certificados enmarcados y protegidos con cristal, como una colección de incoloras mariposas disecadas.

Mientras mis ojos saltaban de marco en marco me imaginé a mí misma prensada como un papel y atrapada como un diploma sobre aquella pared, con la nariz apretujada contra el cristal. Y después como un especimen colocado en el portaobjetos mientras el doctor

Trindler me estudiaba por el microscopio. Traté de eliminar esas imágenes de la cabeza.

El doctor Trindler tenía una ayudante: la señorita Drummond, que ejercía de consejera suplente cuando él trabajaba en los otros colegios. Estaba sentada a un escritorio situado a unos tres metros de la mesa del doctor, pero su escritorio se encontraba en la habitación contigua, al otro lado de una pared que más bien parecía un gran ventanal.

—Vamos a ver —dijo el doctor—, ¿estás lista para divertirte un poco?

—Claro —contesté—, eso espero.

Pero me seguía sintiendo como si tuviera un cristal sobre la nariz.

—Bueno —dijo él—. Pues entonces, vamos a empezar. Voy a hacerte una prueba, aunque no es como las que se hacen en clase. Ésta servirá para que tus maestros y yo descubramos de qué forma puedes aprovechar mejor los estudios, ¿de acuerdo?

Yo asentí y él continuó:

—Empezaremos con algunas preguntas. Te las voy a leer de una en una y tú las vas contestando lo mejor que puedas. Yo apuntaré tus respuestas en esta hoja, ¿entendido?

Volví a asentir y dije:

—Entendido.

Podía ver la hoja en la que escribía. En la esquina superior derecha ponía: WISC III. Sabía lo que significaba. El doctor Trindler estaba a punto de hacerme una prueba para calcular mi cociente intelectual. En ella obtienes una puntuación, y tal puntuación suele dividirse por tu edad. Por eso se llama cociente intelectual o CI. Es bastante complicado y sólo conocía el tema por lo poco que había leído sobre él en Internet.

Por eso empecé a preocuparme. En las Pruebas de Aptitud de Connecticut no había tenido problemas. Obtuve una puntuación media porque había visto la información sobre puntuaciones en Internet. Así supe cuántas preguntas contestar bien y cuántas mal en cada sección.

Esta prueba era diferente. No la había visto nunca.

El doctor no se entretuvo. En primer lugar me hizo un montón de preguntas, y yo tuve que contestarlas en voz alta. Y tuve que agrupar unas cuantas cosas en categorías, hacer varios problemas de matemáticas, dar las definiciones de un montón de palabras, contestar preguntas sobre cómo actuaría en diversas situaciones y recordar el orden de unos números y repetirlo. Después miré unos dibujos y tuve que decir qué faltaba, y tuve que copiar formas de una página a otra, y entendérmelas con bloques de colores y con rompecabezas. Era el cuento de nunca acabar, tenía unas doce partes diferentes. Nos llevó casi dos horas.

Y estuve preocupada todo el rato. No sabía lo que estaba haciendo, porque no quería conseguir una puntuación demasiado alta ni demasiado baja. Lo único que se me ocurrió fue intentar hacer mal tres preguntas de cada diez, pensando que eso me daría un porcentaje del setenta por ciento, es decir, de una C, o sea, lo normal. Miré la cara del doctor buscando pistas de cómo lo había hecho, pero parecía que se la hubiera tapado con una máscara.

Por último dijo:

—Bien. Hemos acabado. ¿No ha sido tan difícil, verdad?

Negué con la cabeza y dije:

—No. Ha estado bien. ¿Cuándo sabré lo que he sacado?

—La puntuación se enviará a tus padres, Nora. Los resultados de este tipo de pruebas no se dan a los alumnos.

No me lo podía creer:

—¿Quiere decir que tengo que hacer la prueba, pero no puedo saber la puntuación que saco?

Él se encogió de hombros y sonrió:

—Es lo que se hace con estas pruebas. Tu puntuación es sólo una especie de herramienta que la directora, tus padres y yo utilizaremos. Tú no tienes por qué preocuparte del tema.

Empecé a enfadarme, porque odiaba esos rollos: odiaba que los adultos nos trataran como si fuéramos idiotas, o como si no se pudiera confiar en nosotros. Es un asco. El viejo e inteligente doctor Trindler, con sus largos y huesudos dedos, tenía el privilegio de conocer mi puntuación porque poseía un montón de papeles colgados de la pared, pero a mí, a la que se había estrujado el cerebro durante dos horas, no me estaba permitido saber nada.

Me dije: "¿Y qué esperabas? Los adultos lo controlan todo, es un asco, y los niños no pueden hacer nada al respecto porque siempre ha sido así y siempre lo será. Gran novedad".

Me pillé.

Me pone mala cuando me pillo pensando de esa manera. Esa actitud tiene un nombre: se llama cinismo, y proviene de la palabra griega *kunikos*, que significa *perro*. Porque en la antigua Grecia había un montón de perdedores que crearon una especie de club y se denominaron *cínicos*. Los cínicos no sentían respeto por nada ni por nadie. Como un perro que muerde tus mejores zapatos y luego mueve el rabo, o destroza el césped mientras tú le miras. Al *kunikos* no le importa nada, hace lo que quiere y da por supuesto que todo el mundo es como él.

Pero me había pillado. No pensaba dejarme ser una cínica, porque es demasiado fácil, y porque podía hacerlo mejor.

Las personas como el doctor Trindler no actúan como actúan porque sean malas o cínicas. Hacen ciertas cosas porque creen que deben hacerlas, porque piensan que es lo correcto. Él creía que conocer mi cociente intelectual podía perjudicarme. Y quizá tuviera razón. Si era bajo podía pensar que era idiota; si era alto podría creerme que era mejor que los demás.

Pero entonces me pregunté: "¿Y dónde está la diferencia entre los CI y las notas? ¿O las Pruebas de Aptitud? ¿Por qué no ocultan todas las puntuaciones a los niños? Los maestros necesitan saberlas para ayudar a los alumnos a aprender más y mejor, pero ¿para qué necesitan saberlas los alumnos? Las notas de las Pruebas de Aptitud de Connecticut no le han servido a Stephen para nada, por ejemplo, sino todo lo contrario".

Bueno, al final, el doctor Trindler me dijo adiós y la señorita Drummond me escribió un pase para asistir a la última clase. Ir a gimnasia después de estar dos horas pensando fue un alivio, ya que durante casi todos los días del otoño jugábamos al fútbol.

Cuando tenía tres años vi un partido por primera vez en el canal de deportes y me volvió loca. Me encantaba que la cámara mostrara todo el campo, porque veía la estrategia y las jugadas de los futbolistas. Y también veía las matemáticas: el cruce de líneas cuando un delantero aceleraba para alcanzar un lanzamiento de córner y los ángulos cuando los mediocampistas pasaban el balón esquivando los pies de los defensores. Volví a ver ángulos mientras los jugadores interceptaban los pases o paraban los disparos. Cada disparo a puerta que se transformaba en gol era una demostración de equilibrio entre velocidad y trayectoria. El fútbol era matemáticas y física en movimiento.

Y era también un juego donde había que pensar. Los mejores futbolistas tenían el campo entero y a los demás jugadores en la cabeza. El campo no sólo estaba fuera, sino dentro. Y entonces: ¡Goooooooooooool! ¡Fantástico!

El campo de fútbol había sido desde primer curso el único lugar donde podía permitirme ser yo misma. Allí nunca tuve que disimular nada. Podía ser tan inteligente, tan creativa y tan hábil como quisiera, porque nadie considera que una deportista superdotada sea algo raro; lo que sí ocurre cuando eres una estudiante superdotada.

En clase jugamos un partido entre mi equipo, formado por seis chicos y cinco chicas, y otro equipo también mixto. Stephen estaba en el mío. Fue un partido bueno y rápido; ganamos por cuatro goles a tres. Yo marqué dos.

Pero lo mejor no fue ganar, ni los elogios del señor Mckay, ni los parabienes de mis compañeros. No trataba de pisar a nadie ni de probar que era grandiosa. Para mí lo mejor había empezado cuando el partido estaba empatado a tres y quedaban menos de dos minutos para el final. Con mi cola de caballo flotando al viento y mis brazos, piernas y pulmones a pleno rendimiento, me sentí como si volara a treinta metros del suelo y mirara con calma hacia abajo. En ese momento la necesidad de pensar, de analizar y de hacer planes se desvanecía. Las ideas eran las acciones: no necesitaba ocultar nada. Y cuando Stephen me envió un pase perfecto, llevé el balón al centro, regateé a tres defensores, disparé y metí el gol.

Era puro juego, sin preguntas, sin miedos, sin paredes, sin diplomas enmarcados, sin cristales apretados contra la nariz.

Durante veinticinco minutos de ese martes fui libre.

INTELIGENCIA

El miércoles por la mañana, al acabar la clase, la señorita Noyes me llamó para que fuera a su mesa.

—Nora, la señorita Byrne quiere que le lleves los libros que tienes que devolver antes de las doce.

—Pero si no tengo que devolver nada —dije.

—Bueno, eso tendrás que explicárselo a la señorita Byrne.

Entonces entendí el mensaje.

La señorita Byrne no quería verme porque yo tuviera que devolver ningún libro. Había otra razón. Por primera vez me di cuenta de lo bueno que era tener a alguien que me conociera de verdad, y de lo raro que se me hacía que otra persona supiera que yo no era… normal. Hasta se me ocurrió un trabalenguas: "Nora normal ya no es" (repetir cinco veces, cada vez más deprisa).

Me pasó todo por la cabeza en menos de un segundo, así que asentí:

—De acuerdo. Ahora mismo voy —dije, y me dirigí a la salida.

Pero la señorita Noyes añadió:

—Ah, otra cosa, Nora. He visto al doctor Trindler esta mañana en la sala de maestros. Quiere que vuelvas esta tarde a su despacho durante la quinta clase.

Como ya estaba a medio camino de la puerta, me limité a decir:

—De acuerdo.

Cuando llegué a la biblioteca, la señorita Byrne estaba atareada con un préstamo de libros para los alumnos de una clase de tercero, pero me indicó que pasara detrás del mostrador.

—Toma, Nora —dijo mientras me tendía una pila de tarjetas de alumnos—. ¿Puedes ordenarlas por orden alfabético, por favor?

—Claro —contesté. Había otra silla, pero era más fácil ordenarlas de pie.

Unos tres minutos más tarde los alumnos de tercero habían desaparecido, pero la señorita Byrne seguía ocupada. Sin quitar los ojos de la pantalla del ordenador, me preguntó:

—¿Qué tal la prueba que hiciste ayer con el doctor Trindler?

—Bueno, fue más bien divertida —contesté—. Era para medir el cociente intelectual. Es la primera vez que hago algo así.

La señorita Byrne continuó escribiendo en el teclado.

—¿Y cómo crees que te salió?

—Bueno, traté de hacer mal tres cosas de cada diez. Fue lo mejor que se me ocurrió para tener como un setenta por ciento de aciertos. Ya sabe, la puntuación media.

—Ya veo —dijo ella.

Empezó a revolver unos papeles, pero tenía las manos como un flan. Se detuvo y me miró a los ojos:

—Esta mañana me he enterado de una cosa. La prueba que hiciste es para chicos de dieciséis años y medio en adelante. El CI resultante de tu puntuación es de ciento diecisiete, y eso está por encima de la media.

La interrumpí:

—Pero eso no es problema, ¿no? Quiero decir que las pruebas como ésa no siempre salen bien, ¿no?

La señorita Byrne dijo:

—Es que eso no es todo. ¿Ciento diecisiete? Ése sería tu CI si tuvieras dieciséis años pero, como sólo tienes once, tu CI se dispara. Se dispara y mucho. Según esa prueba, tienes un cociente intelectual de ciento ochenta y ocho. Cerca del máximo. El doctor Trindler no sabe qué pensar.

Sentí las piernas un poco flojas. Tuve que sentarme.

—¿Qué... qué más le ha dicho el doctor Trindler?

La señorita Byrne meneó la cabeza:

—Él no me ha dicho absolutamente nada. Sólo se lo ha contado a su ayudante, la señorita Drummond. Yo lo sé por casualidad; la señorita Drummond tiene el coche en el taller de reparaciones y, como somos vecinas, hoy la he traído yo al colegio. Y ella estaba deseando contárselo a alguien. El doctor le dijo que tu cociente intelectual contradice por completo tu expediente académico, por lo que piensa que la prueba debe estar mal.

Se detuvo y frunció los labios.

—Sé que no debería haberte dicho nada, Nora, pero no lo puedo evitar.

—Yo no diré ni palabra de nada de lo que usted me diga.

Ella sonrió.

—Ya lo sé, Nora. No es eso lo que me preocupa. Te has metido en una situación complicada. No quiero que sufras ningún... daño. No quiero que nadie lo sufra.

Nos quedamos calladas. Entonces la señorita preguntó:

—¿Qué vas a hacer?

Me encogí de hombros y traté de sonreír:

—Depende de lo que diga el doctor Trindler. Tengo que volver durante la quinta clase.

—Puede que hoy te haga otra prueba.

Me levanté y dije:

—Bueno, lo sabré cuando llegue. Y ahora creo que es mejor que me vaya a la clase de arte. ¿Me puede dar un pase?

—Por supuesto —contestó. Me dedicó una gran sonrisa, una de verdad, y dijo—: No creo que hubiera tenido el valor necesario cuando era niña para hacer lo que tú estás haciendo, Nora. ¡Si incluso ahora estoy más preocupada que tú!

Yo le devolví la sonrisa:

—Pues no lo esté. Las pruebas y las notas no importan tanto... ¿recuerda?

La señorita Byrne se echó a reír y dijo:

—Es verdad. Seguro que no hay nada de que preocuparse.

Me tendió el pase y yo dije:

—Gracias, señorita Byrne.

Y no lo dije sólo por el pase, y ella lo supo.

—Gracias a ti siempre, Nora.

UNA OBSERVACIÓN

Como era miércoles la cafetería olía a espagueti. Me senté con mi amiga Karen y con cinco o seis chicas más. Comíamos en nuestra mesa habitual, al lado de la de Stephen y sus amigos.

No estoy orgullosa de ello, pero siempre me ha gustado escuchar las conversaciones de los demás. No es que lo haga a propósito y por norma (sólo lo he hecho una vez o dos), pero si por casualidad estoy bastante cerca y si por casualidad la gente habla suficientemente alto, yo escucho. Si quieren guardar secretos que aprendan a susurrar.

Lo más probable es que no hubiera empezado a escucharlos, pero oí que Merton Lake decía:

—Pero mira que eres idiota… ¿Cómo va a viajar alguien al Sol? Si no es más que un montón de gas en llamas, estúpido.

Habíamos aprendido cosas sobre el sistema solar en clase de ciencias, y yo había buscado datos sobre el

Sol por mi cuenta. Por eso cuando oí a Merton, agucé el oído.

Stephen dijo:

—Aun así, apuesto a que alguien irá allá algún día. Quizá cuando el Sol empiece a enfriarse.

—Claro —dijo Merton—, o "quizá cuando" encuentren a alguien tan memo como tú que se ofrezca voluntario.

Todos los chicos de la mesa se echaron a reír.

Me habría gustado darme la vuelta, hacerle una llave de judo al Merton Lake ese y dejarlo grogui en el suelo. Era uno de los chicos más listos de quinto y el que menos me gustaba. También había sido compañero nuestro en cuarto y había sacado una de las calificaciones más altas en las Pruebas de Aptitud. Cuando se enteró de lo que había sacado Stephen se estuvo burlando de él durante más de un mes, llamándole cosas como "retrasado mental" y "clínicamente muerto".

Este año estaba en el programa para superdotados, y le encantaba alardear de lo que había aprendido en sus clases especiales. Además anunciaba a todo el que se le ponía por delante que como su hermano y su padre y su abuelo habían ido a Harvard, él también pensaba ir. Un chico como él puede destrozar un año escolar entero.

Pero una de las cosas buenas de Stephen era que no se rendía. Incluso antes de que los chicos dejaran de reírse, añadió:

—¿Y cuando se le acabe el gas? El Sol tendrá que apagarse algún día, y apuesto a que entonces podrá ir alguien.

No necesité volverme para ver la repugnante sonrisita de Merton. La noté en su voz:

—Buen intento, tarado, pero el Sol no se va a apagar nunca.

Los demás chicos siguieron riéndose.

Era demasiado, no soportaba que tratara así a Stephen. Se me ocurrió de repente un hecho nuevo: la única manera de pararle los pies a un tipo como Merton es apabullarlo. Oí como un chasquido en mi interior.

Me giré en la silla, dirigí un dedo acusador a la cara de Merton y espeté:

—¡Estás equivocado, Merton! ¡Equivocado! El Sol se extinguirá. Está consumiendo sus reservas de hidrógeno porque convierte los átomos de hidrógeno en átomos de helio. Y esa fusión atómica no es lo mismo que un gas en llamas, como tú has dicho, tarado. Y sólo puede transformar en energía calorífica siete décimas partes del uno por ciento del hidrógeno del que dispone, y, según las estimaciones más optimistas, tardará cien mil millones de años en consumir ese hidrógeno. Es decir, dentro de cien mil millones de años, el Sol, de hecho, se apagará. Así que Stephen lleva razón. Y lo que es más importante: tú estás ¡EQUIVOCADO! ¡Así que deja de comportarte como si fueras la persona más brillante del sistema solar y haznos a todos el gran favor de cerrar la boca y de zamparte tus asquerosos espaguetis!

Cuando acabé mi discurso, era el centro de un círculo de silencio. A mi alrededor colgaban tenedores llenos de comida a medio camino entre los platos y las bocas abiertas. Las pajitas estaban enganchadas a los labios cerrados, pero nadie bebía. Sólo se movían los cubitos de gelatina de fresa de los boles de plástico.

Y todos los ojos estaban clavados en mí. Y en Merton también, supongo. Pero sobre todo en mí.

Karen rompió el hechizo:

—¡Bravo por Nora! —y empezó a jalear—: Nora, Nora, Nora…

Y las demás chicas de mi mesa también jalearon y eso duró unos diez segundos, hasta que la señorita Rosen se acercó y las hizo callar a todas.

Me sentí fatal. Nunca había perdido el control de ese modo en público, nunca había utilizado así mi inteligencia. Merton se merecía cada palabra que le había arrojado a la cara, pero había ido demasiado lejos.

¿Y qué iba a pensar Stephen de mí? A él no le había visto enfadarse ni una sola vez, ni una.

Tenía que salir de allí. Me levanté y agarré mi mochila, pero, al darme la vuelta, algo me llamó la atención.

Había alguien de pie en el umbral de la puerta del patio, a unos tres metros de mi mesa, lo bastante cerca como para haber escuchado todo lo que acababa de decir.

Era el doctor Trindler.

CAMBIOS

Al comienzo de la quinta clase, el doctor Trindler me estaba esperando. Esta vez no hubo sonrisas, ni charla agradable. Estaba sentado detrás de su escritorio, todo formal. Señaló la silla situada frente a él y dijo:

—Por favor, siéntate.

La señorita Drummond ocupaba su mesa del otro lado del ventanal. Intentaba hacerse la ocupada, pero me dio la impresión de que estaba pendiente de nosotros, como si fuéramos los protagonistas del último capítulo de su serie de televisión favorita.

El doctor Trindler se quedó allí sentado sin decir nada durante medio minuto, haciendo esas cosas de araña con los dedos. Entonces preguntó:

—¿Podemos hablar con sinceridad, Nora?

—Claro —dije.

Se inclinó hacia delante, con los codos sobre la mesa.

—Tenía pensado hacerte otra prueba hoy, pero hace quince minutos te he visto hablar con Merton

Lake en la cafetería, y en este momento pienso que otra prueba es innecesaria, ¿no crees?

Me encogí de hombros.

—No sé.

Elevó las cejas y un largo dedo índice y dijo:

—Estamos hablando con sinceridad. ¿Recuerdas, Nora? Quiero saber si crees que debo hacerte otra prueba.

—Depende de lo que quiera averiguar —contesté. Él sonrió y dijo:

—Eso es fácil. Quiero averiguar si la puntuación que sacaste en la prueba de ayer es la exacta. ¿Tú que opinas? ¿Lo es?

Hice un gesto de negación con la cabeza y dije:

—Creo que no.

El doctor se inclinó hacia delante aún más.

—¿Y eso por qué?

No le contesté. Todo estaba ocurriendo demasiado deprisa. Necesitaba tiempo para pensar.

El doctor Trindler creía que había averiguado que yo era un genio. Y también creía que yo sabía que él lo sabía; pero él en realidad no sabía nada, con seguridad no. Así que pensé: "Es posible que pueda librarme de ésta. Si puedo hacer otras pruebas y organizo un desastre… entonces no podrá probar nada… excepto que se le da fatal hacer pruebas. O quizá pudiera…".

Entonces me detuve. Me detuve por completo.

Estaba cansada de todo aquello. Estaba cansada de tener que estar siempre escondiéndome. Estaba cansada de fingir que no entendía las cosas. Estaba cansada de hacerme pasar por una estudiante de nivel medio. No era verdad.

El doctor repitió su pregunta:

—¿Por qué crees que la puntuación que sacaste ayer no es la exacta, Nora?

Lo miré a los ojos.

—Porque es demasiado baja. Todo lo que fallé, lo fallé a propósito.

La mente del doctor Trindler trató de procesar la información, y fue evidente que intentaba calcular de cabeza mi nuevo CI, pero no pudo.

Así que dije:

—El modo más simple de hacer una estimación más precisa de mi puntuación es incrementar el porcentaje de aciertos al noventa y nueve por ciento y después ajustarlo a mi edad, porque no creo que hubiera fallado más de una o dos preguntas si hubiera intentado hacerlo lo mejor posible.

El doctor lo pensó un segundo y dijo:

—Pero, ¿por qué no lo hiciste lo mejor posible?

No contesté, así que añadió:

—Y tampoco entiendo lo de tus notas. ¿Puedes explicarme un poco lo de todas esas D?

No quería mantener aquella conversación con el doctor Trindler. Sabía lo que pretendía. Pretendía mantener conmigo una conversación profunda. Pretendía elaborar una teoría sobre mí y sobre mi problema. Quizá tratara de relacionar mi comportamiento con algún incidente de mi pasado o quizá tratara de echarle la culpa a papá y mamá o quizá me descubriera traumáticos miedos ocultos.

Y sabía lo suficiente de psicología como para darme cuenta de que el doctor Trindler no acertaría nunca, porque la verdadera razón era demasiado sencilla. No querer que te estén manipulando todo el tiempo para que mejores no es un problema psicológico, es una elección inteligente. Si me hubiera dedicado a "desarrollar mi potencial", ¿habría podido ser la mejor amiga de un chico normal como Stephen? Más bien no.

Cambié de tema:

—¿Me va a hacer otra prueba?

—No. Creo que no —contestó. Hizo una pausa y dijo—: Ya sabes que voy a compartir los resultados con la señora Hackney, ¿verdad?

Asentí.

Él añadió:

—Y entiendes por qué tengo que hacerlo, ¿verdad, Nora?

—Claro —contesté—. Papá y mamá preguntarán por las pruebas y el colegio tendrá que darles los resultados, y es la señora Hackney quien debe dárselos.

—Exacto —dijo. Volvió a hacer una pausa, esperando que yo dijera algo. Pero no lo hice. Así que preguntó—: ¿Quieres hablar de alguna otra cosa, Nora?

Negué con la cabeza:

—No, gracias.

—Bien —dijo él—, si se te ocurre algo y crees que puedo ayudarte, cuenta conmigo, ¿de acuerdo?

—De acuerdo —contesté, y le sonreí un poquito porque advertí que en realidad sólo quería ayudar.

Un minuto después andaba por los pasillos vacíos, de camino a clase de la señorita Zhang y la segunda mitad de la clase de ciencias. Seguía siendo el mismo día, el mismo colegio, los mismos maestros y los mismos alumnos.

Pero algo había cambiado.

Yo.

COMPAÑERISMO

La señora Hackney llamó a mamá al trabajo al acabar las clases, así que a la hora de la cena del miércoles toda mi familia conocía lo que el doctor Trindler había descubierto.

Nuestra cena fue un copioso banquete de emociones.

Papá y mamá no sabían si enfadarse conmigo por haberles engañado o enloquecer de emoción por tener en casa un genio en vez de una idiota que pensaba que la D tenía una forma bonita. Mamá dijo:

—¿No es emocionante? Si podemos conseguir una entrevista, y Nora hace bien las pruebas de acceso, apuesto a que puede entrar en la Academia Chelborn… quizá con una beca. Y, de ahí en adelante, ¿quién sabe? Nuestra pequeña Nora puede acabar en Princeton… ¡o en Yale o en Harvard!

Me di cuenta de que a Ann no le hacía ninguna gracia el asunto. Estaba acostumbrada a ser la estudiante estrella, pero fingió desinterés y dijo:

—Yo siempre he sabido que Nora era inteligente.

Y cuando Todd escuchó las noticias, puso los ojos en blanco y exclamó:

—¡Hombre, lo que me faltaba! ¡Otra hermana sabelotodo!

Dejé que los demás llevaran el peso de la conversación durante la cena y no di ninguna explicación sobre mis notas. Cuando mamá dijo:

—Creo que ahora entiendo algo más lo de esas malas notas —yo me limité a sonreír y a asentir con la cabeza.

Porque eso no era parte del trato. Sí, ahora sabían que no era una niña normal y suponían que, durante todos esos años, había sacado notas mediocres a propósito. Pero no necesitaban conocer mis razones para haber sacado todas esas D.

Afronté el hecho de que mi plan se había ido al garete. De ahora en adelante estarían todos pendientes de mí. Todos los maestros se enterarían de mi inteligencia y no pasaría mucho tiempo antes de que todos los alumnos de quinto lo supieran. El colegio no es buen lugar para guardar secretos.

Después de cenar fui a mi habitación a leer, y, alrededor de las ocho, Todd gritó desde el piso inferior:

—¡Eh, Nora… te llama tu novio!

Agarré el teléfono del pasillo y me lo llevé a mi habitación.

—¿Sí?

—Hola, Nora.

Stephen no tenía necesidad de decir su nombre porque era el único chico que me llamaba.

Por el teléfono del piso inferior, Todd hizo el ruido de un beso húmedo y enorme, y con una voz aguda que pretendía ser una imitación de la mía, dijo:

—¡Ooooh, Stephen, cuánto me alegra tu llamada! Te he echado de menos durante tooooda la noche.

—¡Todd! —protesté—. ¡Pero qué gracioso eres! —y grité—: ¡Mamá! ¡Dile a Todd que cuelgue!

Cuando el auricular del teléfono de la cocina ajustó en el soporte, dije:

—Lo siento. Todd no se llevará el premio a la madurez de esta semana.

—¿Madurez? —dijo Stephen—. Bueno, ¿y tú qué? Porque lo que has hecho este mediodía en el comedor no ha sido muy maduro que digamos —parecía enfadado.

No estaba preparada para un ataque, y se trataba de eso.

—Pero... pero es que no podía aguantarlo —dije—. Ya oíste a Merton... estaba siendo un grosero, y... y yo tenía que pararle los pies.

—Pero no estaba hablando contigo, Nora. Ni siquiera estaba en tu mesa. No era asunto tuyo. No necesito que nadie me proteja.

—Pero, si alguien estuviera atacándome y haciendo que todo el mundo se riera de mí, ¿tú no me defenderías? ¿No lo harías si pudieras?

Eso le paró en seco.

—Su... supongo que sí —pensó un poco y añadió—: Pero no se trataba de eso, Nora. Sólo estábamos hablando, y no me importa que se rían de mí. Y, además, todo el mundo sabe que Merton es un monstruo imbécil. Nadie le toma en serio. Todo lo que has conseguido es quedar como una tonta.

Cuando Stephen dijo eso me dolió. No abrí la boca.

—¿Nora?

No contesté.

Stephen dejó salir un gran chorro de aire por la boca y dijo:

—Escucha, siento haberte llamado loca, ¿vale? Lo siento… ¿vale? Y lo que le has dicho a Merton… ha sido genial —descansó un poco y añadió—: En realidad, me habría gustado decirlo a mí.

Esperé uno o dos segundos más.

—¿De verdad? —pregunté.

—De verdad. ¿Y cómo sabías todo eso del Sol y demás?

De repente me vi ante un hecho nuevo: supe que no tendría otra oportunidad mejor para contarle a Stephen la verdad, mis hechos. Y también supe que no estaba bien que se enterara por otra persona. Así que dije:

—¿Eso del Sol? Es… es que he leído un poco sobre el tema. Es bastante complicado. Verás… es que tengo que explicarte una cosa… una cosa importante.

Se lo conté todo. Que había aprendido a leer a los dos años y medio, y había fingido que aprendía cuando estábamos en primero. Que había sacado notas bajas a propósito y que ni siquiera mi familia sabía lo inteligente que era. Le expliqué que no había contestado preguntas de la Prueba de Aptitud aposta. Le dije que la señorita Byrne había encontrado mis archivos en el ordenador y descubierto mi secreto. Incluso le conté lo del doctor Trindler y la prueba del cociente intelectual.

Cuando acabé, Stephen se quedó callado un momento. Después dijo:

—Entonces, ¿cómo eres de inteligente?

—Bueno —contesté—, el doctor Trindler cree que soy un genio.

—¿Y lo eres? ¿Eres un genio?

Lo escuché en la voz de Stephen. Escuché lo que siempre había temido escuchar. Stephen estaba empezando a pensar que era una extraterrestre. Nora la rara, la chica genio. Y supe que lo que dijera a continuación iba a tener mucha importancia.

—Supongo que lo soy —dije—. Pero, ¿y qué? ¿Qué pasa si lo soy? Sigo siendo la misma, Stephen. No soy una persona diferente.

—¿No? Bueno, ¿y lo de la comida de hoy? Eso ha sido bastante diferente.

—Vale, sí, eso ha sido un poco diferente, pero si no te lo hubiera contado todo… ¿habrías dicho que me había convertido en una persona totalmente distinta o algo así? Sigo siendo yo. No importa lo que sea, sigo siendo yo.

Sólo se oía el zumbido de la línea telefónica. Stephen dijo:

—Pero… pero es como si hubieras sido una espía… durante años. Como si hubieras sido un agente secreto genio que espiara a los niños del montón. ¿Y esos insuficientes de tus últimas notas? Yo estaba muy preocupado por ti, y ¡tú sólo hacías el ganso!

—¡No! —protesté—. Ésa es la cuestión, Stephen, no estaba haciendo el ganso. Saqué esas D a propósito porque me pone mala que le den tanta importancia a las notas. Tenía un plan, y ahora está completamente arruinado y tengo un montón de problemas, así que ¿cuánto crees que tengo de genio?

—¿Que tenías un plan? —preguntó Stephen—. ¿Qué clase de plan?

—Bueno, ahora es un desastre, pero... sólo quería demostrarle a todo el mundo que si un niño saca malas notas no significa que no sea inteligente, y que si las saca buenas tampoco significa que lo sea. Y yo creía que a los maestros les gustaban las pruebas y los exámenes y las notas y todo eso, pero la señorita Byrne me dijo que no, que a un montón de maestros no les gusta tanta competitividad ni tanta prueba, las Pruebas de Aptitud en especial. Como ya te he dicho, mi plan era un asco desde el principio.

De nuevo, el único sonido que se escuchó fue el sisear del teléfono. Luego Stephen empezó a hablar, lentamente al principio, más rápido después:

—Ahora lo va a saber todo el mundo, ¿no? Van a saber todos que eres muy inteligente, ¿no?

—Sí —contesté—, supongo que sí.

—Todos nuestros maestros se enterarán, y la señora Hackney, y los alumnos... todo el mundo, ¿no?

—Sí. Todo el mundo.

—¡Escucha esto! Todos van a saber que eres un genio, así que todos esperarán que te comportes como tal, en plan superinteligente y eso, ¿no?, y todos creerán que vas a sacar notas estupendas y que vas a entrar en el programa para superdotados y demás, ¿no?

—Sí. Supongo. Mis padres en especial.

Stephen tenía tanta prisa por soltarlo todo que apenas podía hablar:

—Eso es lo que esperan todos, ¿no? Una chica súper superinteligente. Pero, ¿y si resulta que no te comportas como espera todo el mundo?... ¿Y si no sigues

las normas establecidas sobre lo de ser inteligente?…
¿Y si empiezas a seguir unas normas diferentes? ¡Tus
propias normas! —hizo una pausa y esperó mi reac-
ción, pero no pudo aguantar mucho—: ¿Entiendes lo
que te digo? ¿Lo ves?

La idea de Stephen no era como una bombilla
encendida, era como el disparo de un cañón de rayos
láser. Dije casi a gritos:

—¡Stephen! ¡Es una idea fantástica! Eres… ¡eres
un genio!

Stephen y yo seguimos hablando, y en sólo diez
minutos nació un nuevo plan. Un plan mejor. Un plan
divertido.

Y pasó algo más mientras hablábamos, algo que
hizo que esos diez minutos fueran los mejores de mi
vida. Porque en esos diez minutos nuestra amistad
cambió. Por completo. Nuestra amistad se transformó
en compañerismo, un compañerismo de igual a igual.

El nuevo plan implicaba algunos riesgos, para los
dos, pero no me importó, y a Stephen tampoco.

Íbamos a hacerlo juntos.

PRIMERA FASE

Leí en Internet ese famoso experimento que dos hombres llevaron a cabo en 1964. Hicieron una prueba a los alumnos de la Escuela Primaria de Oak y dijeron que los resultados demostraban que una parte de ellos iba a hacer progresos espectaculares durante el curso. A esos niños especiales los llamaron los "retoños".

Después dieron las listas de los retoños a los maestros para que éstos pudieran observar cómo progresaban dichos niños durante el curso. Y los alumnos progresaron. Todos avanzaron de manera espectacular, y fue un avance real.

Pero aquí viene lo mejor: ¡la información era falsa! Los nombres de esos niños especiales ¡se sacaron de un sombrero! Lo único que no era falso eran las expectativas de los maestros. Los maestros esperaban que ciertos niños hicieran progresos, esas expectativas eran verdaderas y también los resultados que se obtuvieron al acabar el curso lo fueron. Todos los "retoños" hicieron grandes progresos, y todo se debió a la esperanza, porque la esperanza puede ser poderosa.

Y el jueves por la mañana casi todos los niños de quinto y todos mis maestros esperaban ver a la nueva Nora Rowley, la chica genio.

Hacer correr la voz entre los niños había sido cosa de Stephen, y no le había costado demasiado. La Escuela Primaria de Philbrook tenía un equipo oficial de cotillas, y la capitana de dicho equipo era Jenny Ashton. Una llamada de teléfono en susurros a Jenny, el domingo por la noche, fue tan efectivo como dar una conferencia de prensa por la CNN.

La señora Hackney se había encargado de comunicar la noticia a los maestros. Vi la nota que les había mandado sobre la mesa de la señorita Noyes durante clase. Decía: "Después de someterla a observación y hacerle diversas pruebas, el doctor Trindler ha determinado que Nora Rowley es una alumna superdotada. Parece ser que lo ha ocultado durante bastante tiempo".

Así que todos esperaban ver un genio. Lo que estaba bien. Stephen y yo estábamos preparados para eso. El jueves iba a satisfacer las expectativas de todos. Y a crear otras nuevas, quizá.

En clase de lengua estábamos estudiando técnicas de lectura como lectura rápida, prelectura y predicción. La señorita Noyes repartió una historia de tres páginas que nos hizo poner boca abajo sobre los pupitres. Entonces dijo:

—Cuando yo diga, empezarán a contar quince segundos de lectura rápida. Después daremos la vuelta nuevamente a las hojas y prediciremos cómo va a continuar la historia con lo que haya dado tiempo a leer. ¿Preparados?… ¡Ya!

Quince segundos más tarde la señorita Noyes nos dijo que volviéramos las hojas y añadió:

—Muy bien, ahora, basándose en lo que ha leído, ¿quién puede predecir lo que ocurre en la historia?

Cuando levanté la mano los otros chicos que las tenían en alto las bajaron. Querían escuchar lo que decía la genio.

Como era la única con la mano en alto, la señorita Noyes me preguntó:

—¿Puedes decirme de qué crees que trata la historia, Nora?

Respiré hondo y dije:

—Trata de una chica que vive durante la Gran Depresión y que necesita ganar dinero para comprarle a su padre un regalo de cumpleaños. Su madre ha muerto el año anterior, y ella sabe que su padre tiene tal tristeza que está al borde del suicidio. No había verdaderos trabajos, pero la chica encuentra a un tendero que le propone pagarle diez céntimos cada tarde por barrer la acera que hay frente a su tienda. Algunos de sus amigos del colegio la ven trabajar y le hacen burla, pero a ella no le importa. Continúa trabajando, pero ve que el tiempo se le acaba y que no ha conseguido ahorrar suficiente dinero. Se lo dice a su mejor amigo, y el amigo se lo cuenta a otros chicos del colegio. La víspera del cumpleaños de su padre, los chicos le dan el dinero que le falta para el regalo: un pequeño marco de plata para la foto de su madre que más le gusta al padre. Él seguía muy triste, pero cuando ve cómo le quiere su hija, cambia por completo y se da cuenta de que tiene motivos para estar contento y para seguir viviendo. Y creo que significa lo mucho que el trabajo, el amor y la generosidad pueden cambiar la vida de una persona.

La señorita Noyes se quedó sin palabras. Le había dicho exactamente lo que pasaba en la historia, porque durante esos quince segundos me dio tiempo a leer las tres páginas. Siempre había sido capaz de leer de ese modo, veía una página entera como uno o dos grandes bloques de palabras.

La señorita dijo:

—Lo has hecho muy bien, Nora. ¿Pero ha sido una predicción o te has limitado a darnos un resumen de la historia?

Moví la cabeza con un gesto de asentimiento:

—Sí. Lo que he dicho es más bien como una reseña. Cuando sabes con certeza lo que va a ocurrir no puedes hacer predicciones. Es una imposibilidad epistemológica. La predicción debe contener el concepto de incertidumbre… como una teoría en un análisis científico o una conjetura basada en pruebas heurísticas.

La señorita Noyes asintió lentamente y dijo:

—Ummm… sí. Bueno, chicos, adelante, vamos a ver si podemos echar un vistazo a algunas de las palabras clave de la primera página. Atentos, estamos buscando palabras que nos ayuden a hacer predicciones.

Nadie me quitaba la vista de encima. Me sentía incómoda por haberme hecho la sabihonda y por haber usado palabras grandilocuentes. Miré de reojo a Stephen: tenía una gran sonrisa de orgullo en la cara. Al instante me sentí la mar de bien.

Los alumnos siguieron con lo suyo y fueron encontrando poco a poco las palabras clave. La señorita no me dijo nada durante el resto de la clase.

Todo el día me dediqué a ser una repelente. En cada clase me las arreglé para montar mi espectáculo de chica genio. En arte discutí con la señorita Prill sobre el análisis espectroscópico y las diferentes longitudes de onda de los colores primarios y terciarios, y en sociales estuve hablando un buen rato sobre los efectos del libre comercio en la Gran Depresión.

En matemáticas la señorita Zhang y yo mantuvimos una discusión de diez minutos sobre el mejor modo de diseñar un análisis estadístico para descubrir el porcentaje de niños que no iban a utilizar nunca el proceso de deducir el mínimo común denominador al acabar secundaria.

En música, cuando la señorita Card dijo que la escala musical se componía de ocho notas yo puntualicé que eso era cierto únicamente en el supuesto de que se estuviera hablando de la escala diatónica tradicional de Occidente, porque hay otras escalas, como la pentatónica y la de doce notas. Y eso, naturalmente, condujo a una breve discusión sobre el uso de diferentes escalas modales, la mixolidia o la dórica por ejemplo, como sistemas de composición musical.

La clase de gimnasia fue diferente porque no es fácil hablar con el señor Mckay. Aun así, me las apañé para ofrecer unos comentarios generales sobre la estructura del oído interno y el modo en que podía afectar al equilibrio y a la coordinación de movimientos.

En ciencias hice mi mejor representación del día. La señorita Zhang estaba hablando de la velocidad de la luz, y dijo:

—Como el Sol está a 150 millones de kilómetros de la tierra y la velocidad de la luz es de 300.000 kilómetros por segundo, si el Sol se apagara en este instante, aún nos quedarían siete minutos de luz. La luz del Sol tarda siete minutos en recorrer el espacio que nos separa.

Era interesante y cierto, pero entonces dijo:

—No hay nada que viaje tan rápido como la luz.

Al instante se me ocurrió una idea.

Levanté la mano y, cuando la señorita Zhang me hizo un gesto afirmativo, dije:

—¿Y el pensamiento? Si usted dice la palabra "Sol", mi pensamiento puede recorrer esos 150 millones de kilómetros hasta el Sol y volver en un segundo. Es decir, como en siete minutos hay 420 segundos, ¿no significa eso que la velocidad del pensamiento es 840 veces mayor que la de la luz?

La señorita Zhang puso una cara muy rara, como si tratara de buscarle pegas a la idea, y dijo:

—Pero el pensamiento no es como la luz, no es real. La luz es real. Se puede ver. El pensamiento no.

Yo pregunté:

—¿Quiere decir que una onda o una partícula luminosa son más reales que el pensamiento?

—Bueno…, no, no exactamente.

—¿Está diciendo que mi pensamiento no puede viajar tan lejos y a tanta velocidad? ¿Y si digo Alpha Centauri? ¿Ve? Mi pensamiento ha viajado por el espacio, ha ido a esa estrella y ha vuelto. A la luz le llevaría al menos nueve años hacer un viaje de ida y vuelta a Alpha Centauri. A no ser que pueda probar que mi pensamiento no ha ido y ha vuelto, me quedo con mi teoría: el pensamiento viaja al menos 840 veces más rápido que la luz.

Todos los chicos de clase subían y bajaban las cabezas demostrando que estaban de acuerdo conmigo.

En fin, si la señorita Zhang hubiera dicho: "No hay nada material que viaje tan rápido como la luz", me habría pillado, y hubiéramos podido charlar un poco sobre la diferencia entre física y metafísica, pero no llevó sus deducciones tan lejos.

Como he dicho, fui una repelente durante todo el jueves. Una sabelotodo de marca mayor.

Cuando entré en la biblioteca después de clase, la señorita Byrne me sonrió y asintió, pero en vez de pedirme que me acercara para hablar, se puso a trabajar con mucha rapidez. Lo cual era quizá lo más inteligente por su parte. Supuse que había decidido separarse un poco de mí.

Stephen llegó algo después y se sentó en el extremo opuesto de mi mesa de estudio.

—¿Y bien? —pregunté—. ¿He sido bastante horrible?

Me sonrió.

—¡Has sido fantásticamente espantosa! Todos los chicos hablan de ti, y los maestros también, seguro. Apuesto a que en este momento están todos en la sala de maestros intercambiando anécdotas sobre Nora. Ha sido un montaje perfecto… ¡Perfecto!

Porque de eso se trataba. El jueves era el día del montaje, el día de cimentar las esperanzas. El viernes tendrían lugar algunos acontecimientos importantes, y el gran desenlace llegaría el lunes y quizá se prolongara hasta el martes.

Nuestro plan estaba en marcha.

DURA PRUEBA

Los importantes acontecimientos del viernes se desarrollaron a la perfección. Stephen y yo teníamos todo preparado para dar los pasos siguientes el lunes y el martes. Pero, una vez más, comprobé que las cosas no siempre salen según lo planeado, porque el viernes, después de las clases, mientras estaba sentada en la biblioteca leyendo, la señora Hackney se acercó a buen paso hasta mi mesa y dijo:

—Nora, sígueme, por favor.

La directora se dio la vuelta, salió del recinto, cruzó el vestíbulo y entró en su despacho. Apenas tuve tiempo de echarle una miradita a Stephen; me dirigió un pulgar en alto mientras yo corría detrás de la directora. Pensábamos que esta parte del plan no iba a ocurrir hasta después del fin de semana.

La señora Hackney se quedó de pie detrás de su escritorio.

—Siéntate, Nora, por favor —dijo. Cuando me hube sentado en la silla que había frente a ella, me tendió tres hojas de papel y añadió—: Quiero saber algo y quiero saberlo ahora. Éste es tu examen de gramática de esta mañana. Has sacado un cero. Éste es el de matemáticas. Has sacado un cero. Y éste es el de ciencias de hace dos horas. Otro cero. Tres exámenes y un cero en cada uno. Quiero saber qué significa esto. Todos estamos al corriente de lo brillante que eres, Nora, así que la única conclusión posible es que has sacado estos ceros a propósito. Y exijo saber por qué. Ahora mismo. ¿Por qué los has sacado?

Le había dicho a Stephen que sería valiente cuando las cosas empezaran a calentarse. Y ahora iba a pasar la prueba más dura del día: la prueba-de-la-adulta-enfurecida-sacudiendo-papeles-en-mis-narices.

La directora repitió la pregunta:

—¿Por qué has sacado ceros en estos exámenes?

Había estado ensayando la respuesta hasta elegir la siguiente:

—He sacado ceros porque todas las respuestas están mal.

La cara de la señora Hackney se frunció de tal manera que sus ojos se transformaron en estrechas ranuritas. En ese momento recuperó el habla y su tono de voz no fue precisamente amable:

—¡No te hagas la lista conmigo, jovencita! ¿Por qué respondiste mal a todas las preguntas deliberadamente? ¡Dímelo!

La miré a los ojos y contesté:

—Porque esos tres exámenes son de simple memorización, como la mayoría de los que hacemos. Así que decidí expresar mi opinión sobre esa forma de examinar. Esos exámenes tienen la calificación que se merecen: cero.

Ése era el momento culminante, porque si la directora se limitaba a seguirse enfadando cada vez más, me podía expulsar temporalmente o del todo.

Tenía esperanzas de que ocurriera otra cosa. Y ocurrió. Porque la señora Hackney no era sólo una gritona, ni una dama con despacho. Estaba enfadada, pero seguía siendo una maestra, la maestra de mayor rango del colegio. Estaba al mando del programa de enseñanza de cada curso, y yo sólo había propuesto un cambio.

Me contempló durante unos segundos más, después se sentó y comenzó a mirar los exámenes.

Un minuto más tarde, con voz mucho más calmada, dijo:

—Entiendo lo que quieres decir, y es cierto que estos exámenes exigen que los alumnos memoricen muchos datos, pero es importante conocer los datos básicos. Son los cimientos. Te has aburrido de ellos por fingir que eras una alumna de nivel medio cuando no lo eres. Este tipo de exámenes están bien para la mayoría de los niños, pero tú necesitas asistir al programa para superdotados, Nora. Allí encontrarás un montón de cambios creativos. Eso es lo que necesitas. Ya he hablado de ello con tu madre y le he recomendado que empieces lo antes posible. Quizá incluso puedas pasar a sexto curso. O a octavo.

Se veía que a la directora le gustaba mucho eso de saltarse cursos. Si me saltaba seis de una vez hasta podía desaparecer de su colegio. La solución perfecta: fuera Nora.

Pero yo hice un gesto de negación con la cabeza:

—¿Y los otros chicos, qué? Resulta que yo tengo derecho a hacer cosas creativas y divertidas, y los demás tienen que hacer ejercicios y memorizarlo todo y seguir con lo de siempre, semana tras semana. Eso no está bien.

La señora Hackney seguía siendo la directora y no iba a ponerse a discutir con una alumna de quinto, así que se levantó y dijo:

—Puedes volver a la biblioteca. Siento haber perdido los estribos, pero has dado un disgusto a tus maestros. Una superdotada como tú tiene responsabilidades, Nora. Quiero que pienses en eso. Tienes un don y tienes responsabilidades. Puedes irte. Pero esto no se ha acabado.

Mientras volvía a la biblioteca, obedecí a la señora Hackney: pensé en lo que acababa de decirme: en las responsabilidades de una superdotada como yo.

Ella llevaba razón. Tenía responsabilidades, pero para ella y para mí tales responsabilidades eran diferentes.

Y también llevaba toda la razón en otra cosa: esto no se había acabado.

LÓGICA

Cuando regresé a la biblioteca, Stephen me acribilló a preguntas:

—¿Qué ha pasado? ¿Qué te ha dicho? ¿Tienes problemas?

—No muchos —contesté—, pero se ha enfadado bastante. Y quiere meterme en el programa para superdotados ya.

—¿Y qué más? ¿Qué ha dicho de los exámenes y todo eso?

Meneé la cabeza.

—Ya te lo contaré en el autobús, ¿vale? Tengo que acabar de leer esto.

Eso no era cierto del todo. Lo que de verdad necesitaba era tiempo para pensar, porque veía adónde llevaba todo aquello pero era incapaz de predecir cómo iba a acabar. El plan que Stephen y yo habíamos trazado parecía bueno mientras hablábamos de él, y había sido bastante divertido ser una genio fanfarrona un día y sacar tres ceros al siguiente.

Pero la señora Hackney había dicho algo que me tenía preocupada: "… has dado un disgusto a tus maestros".

Eso me hizo pensar. Si ahora estaban disgustados, ¿cómo iban a sentirse si revolucionábamos a todo el colegio? Porque era probable que sucediera eso. Nos proponíamos que sacaran ceros tantos niños como pudiéramos convencer. En las pruebas, en los exámenes, en los trabajos, en los deberes: cero en todo. Yo sólo era la guía, el caso que sentaba jurisprudencia.

Stephen estaba bastante seguro de que Lee, Ben, Kevin y James nos secundarían, y pensaba que podría vender la idea a su hermano pequeño y a algunos de sus amigos de cuarto curso. Yo suponía que si sabía explicar bien las cosas, un buen montón de chicas se uniría a nuestra causa. Y eso significaba la implicación de un buen número de padres, porque nuestros padres se preocupaban constantemente por las notas… es decir, la mayoría de los padres se preocupaban por las universidades en las que podríamos entrar. Por eso, si un montón de adolescentes empezaba a sacar cero en todo, se formaría una buena. Era probable que el asunto se publicara en los periódicos; y seguro que se comentaría en la televisión local, porque las asambleas escolares se retransmitían por cable. En menos que canta un gallo, el pueblo al completo sabría lo de las malas notas.

Pero Stephen y yo no pensábamos conformarnos con unos cuantos ceros en algunos exámenes porque, una vez que la gente nos prestara atención, pensábamos decirles que haríamos que los alumnos de Philbrook sacaran cero en las Pruebas de Aptitud. Si los colegios de Philbrook se llenaban de repente de notas horrorosas en las Pruebas de Aptitud, serían palabras mayores; porque si los colegios se llenaban de malas notas en esas pruebas, el pueblo tendría mala reputación. Mamá era agente inmobiliario y le había oído decir que, si en un pueblo los chicos sacaban malas notas, poca gente compraba casa en él. A raíz de las malas notas, los directores y los maestros tendrían problemas, el consejo estatal de educación intervendría y etcétera, etcétera.

Porque las notas de esas pruebas eran un asunto de la mayor importancia. Y como los alumnos son los que realmente se sientan a hacerlas, los alumnos controlan las calificaciones. Eso quería decir que los chicos tenían poder y ni siquiera lo sabían. Aún.

Stephen y yo pensábamos decírselo. Iba a ser igual que cuando los maestros organizaban una huelga y dejaban de trabajar hasta que les pagaban más. Íbamos a organizar una huelga de alumnos: una huelga contra las notas y los exámenes, contra las presiones y la competencia desaforada.

Mientras estaba allí sentada pensando, me imaginé el desarrollo de los acontecimientos, paso a paso. En tres o cuatro semanas el colegio en pleno estaría patas arriba. Los alumnos sacarían ceros en los exámenes. Los maestros se pondrían como fieras con los alumnos. Los padres se pondrían como fieras con sus hijos y con los maestros y con el director. Y el consejo escolar se pondría como una fiera con todos.

Y todos se pondrían como una fiera conmigo. Y con Stephen.

Por eso necesitaba hacer un alto en el camino y pensarlo bien.

Miré por la biblioteca.

En la mesa contigua Melanie Nissen leía una novela romántica para adolescentes. No se preocupaba por sus notas. Se preguntaba si Roger le pediría por fin a Susan que lo acompañara al baile de graduación.

Detrás de mí dos chicos de cuarto discutían sobre el mejor modo de exponer su trabajo en la feria de la ciencia. Se reían y hacían gansadas, pero también aprendían, aunque no se dieran cuenta. Y no competían entre sí ni pensaban para nada en las notas.

En la esquina, al lado del expositor de revistas, tres chicas se dejaron caer sobre sendos sillones, juntaron las cabezas y soltaron risitas hablando de algo. El colegio les resultaba divertido. ¿Presiones? Hoy no.

En el extremo opuesto de mi mesa, Stephen mordía el lápiz y hacía muecas a sus deberes de matemáticas. ¿Era terriblemente desgraciado en el colegio? No. ¿Pensaba que su tontería llegaba al grado de, digamos, estupidez permanente? Tampoco.

¿Y por qué se había metido en un plan de locos que podía remover los cimientos del pueblo de Philbrook? ¿Lo había hecho a causa de un profundo deseo de cambiar el sistema educativo del estado de Connecticut? No. Lo había hecho por mí. Además de porque sonaba a aventura con un toque de riesgo y de emoción.

El próximo otoño, cuando llegara el momento en que los maestros empezaran a apretarles las clavijas a los alumnos para que se prepararan bien las Pruebas de Aptitud, ¿les duraría a los alumnos el estrés un mes o más? Sí, sin duda alguna. Pero las pruebas pasarían y los chicos continuarían con sus vidas. Reirían y hablarían con sus amigos, harían sus trabajos, sus maestros les enseñarían, se presentarían a sus exámenes y el tiempo correría. Y ellos pasarían al curso siguiente, y al otro, y al otro.

Hecho: la única chica de la escuela que estaba obsesionada con las notas, los exámenes y la competencia era yo. Los chicos normales no estaban así. Y tuve que afrontar también este hecho: yo no era normal. Tenía "un don". Así lo había llamado la señora Hackney. Alguna clase de don.

Me levanté y me encaminé hacia el mostrador. La señorita Byrne vio que me acercaba y no pareció complacerle demasiado. Pero yo necesitaba hablar.

—Hola, señorita Byrne.

Ella sonrió:

—Hola, Nora. Pareces un poco decaída. ¿Has tenido un mal día?

Asentí y dije:

—Sí. ¿Ha oído algo?

—Oh, sí... estaba en los titulares: ESTUDIANTE SUPERDOTADA FALLA TRES EXÁMENES. Impactante.

Me miró a los ojos y añadió:

—¿Están saliendo las cosas como tú querías?

—Ummm... no lo sé.

Y me sentí como una niña pequeña, porque estaba a punto de echarme a llorar.

La señorita Byrne hizo como que no se enteraba. Miró el teclado primero y la pantalla que tenía delante después, y dijo:

—Me he estado preguntando una cosa, Nora. Espero que no creas que soy una entrometida, pero tengo mucha curiosidad. Es una pregunta muy sencilla: ¿por qué crees que eres tan inteligente?

Me di con la mano en la frente y me encogí de hombros:

—Pues por los genes, supongo. Eso es lo que se dice si tienes un cerebro con turbo.

La señorita Byrne negó con la cabeza:

—No pregunto de dónde procede tu inteligencia. Pregunto por qué crees que la tienes —se interrumpió un segundo y añadió—: Míralo de este modo: ¿crees que las cosas pasan por alguna razón?

—Sí…, creo que sí.

—Entonces, si las cosas pasan por una razón, debe haber una razón para que te haya tocado tanta inteligencia, ¿correcto?

Asentí y ella continuó:

—Pues eso es lo que te pregunto: ¿por qué crees que tienes tanta inteligencia?

Hasta ese momento pensaba que comprendía las cosas al instante. Cada vez que me planteaban una pregunta, no tenía más que pensar un poco y ¡paf!: la respuesta aparecía. Sin esfuerzo. Sin esperas.

Esta pregunta era distinta. Lo pensé mucho, pero no saqué nada en concreto.

—No lo sé —dije—. No tengo ni idea de por qué soy tan inteligente. Y… y si yo no sé la respuesta… entonces quizá no sea tan brillante como creo que soy. ¿Es eso? ¿Eso es lo que quiere decir?

La señorita Byrne volvió a sonreír y meneó la cabeza:

—No, no es eso. Creo que eres tan inteligente como demuestran las pruebas, y más. Pero he visto toda clase de alumnos con toda clase de dotes asombrosas, y para mí la gran pregunta ha sido siempre *¿por qué?* Y luego, normalmente mucho después, la respuesta. Dependía claramente de lo que hicieran en la vida. Es interesante, ¿no crees?

Asentí.

Ella añadió:

—Bueno, pues cuéntame qué vas a hacer ahora, Nora. Ya has conseguido llamar la atención, sin duda. ¿Cuál es el paso siguiente?

El día anterior habría sido capaz de contestar a esa pregunta. Habría dicho: "¡Espere y verá! ¿Stephen y yo? Tenemos grandes planes. ¡Prepárese para un montón de acción y toda clase de fuegos artificiales y atroz estruendo!".

Pero ya no pensaba lo mismo, así que dije:

—No estoy segura. Hay que tener en cuenta demasiados factores. Ahora me parece todo bastante raro.

—Ummm —dijo la señorita Byrne—, me gustaría poder decirte lo que deberías hacer. Pero no puedo. Sin embargo, sí puedo decirte algo: de todas las cosas que pueden hacerse en un determinado momento, una suele ser mejor que las otras. Ésa es la que debes elegir. Debes hacer la siguiente cosa buena. ¿Tiene sentido?

Sonreí y dije:

—Tiene lógica. Parece que lo haya dicho una bibliotecaria.

Eso la hizo reír:

—Bueno, a pesar de eso, creo que es verdad. Sé que puedes hacerlo bien. Y yo te vigilaré para ver cómo te va.

—Pues ya seremos dos. Además del resto de los alumnos y maestros del colegio.

El altavoz situado bajo el reloj emitió un largo sonido de campana.

—Hasta el lunes, señorita Byrne.

—Que pases buen fin de semana, Nora.

Volví a mi mesa, agarré mis cosas y me dirigí al autobús.

La señorita Byrne no me había dado respuestas ni había resuelto mis problemas. De hecho, ahora me preguntaba más cosas que antes de hablar con ella. Pero, a pesar de eso, me sentía mejor.

Lo que no era lógico.

Porque el hecho es que la lógica sólo funciona hasta cierto punto, pasado el cual se produce otra manera de pensar que se parece más a escuchar y a observar.

Eso era lo que necesitaba: escuchar y observar.

Tenía que estar ojo avizor para cazar la siguiente cosa buena.

Y si cazaba la siguiente cosa buena, entonces vendría lo más difícil. Porque tendría que hacerla.

DEMASIADO

Cuando mamá llegó a casa el viernes por la tarde, abrazaba una pila de papeles.

Los dejó sobre la mesa de la cocina.

—A ver —dijo—. Mira esto, Nora. El consejero de admisiones de la Academia Chelborn… ¿señor McAdams? Qué hombre más agradable. Me ha dicho que está deseando reunirse contigo, con papá y conmigo. Deberías haber visto la cara que puso cuando le contamos lo de tu CI. Cree que podrás empezar octavo el próximo otoño, así que tenemos cita con él el martes que viene para la entrevista, después de clase… ¿No es emocionante? Mira este folleto… aquí. Es la nueva biblioteca. El edificio fue construido con el dinero donado por una persona. Se ve que al colegio Chelborn le sobra el dinero. Y mira esta lista. Son las universidades en las que entraron los graduados del otoño pasado. Es increíble…, casi un tercio de la clase ingresó en las universidades de la Ivy League. ¿No es fantástico? Y mira lo que me ha dado el señor

McAdams: una pegatina de la Academia Chelborn para el cristal trasero de mi coche.

Mamá hacía planes y soñaba despierta en menos de lo que tardan en hacer una hamburguesa en Wendy. Hecho: disimular mi inteligencia durante los pasados cinco años había sido una de las mejores decisiones de mi vida.

Pero en ese momento papá y mamá querían recuperar el tiempo perdido. Estaban dispuestos a instalar un millar de aros para que su niñita genio pasara por todos, uno tras otro.

Mamá se dio la vuelta para llenar una cazuela con agua y ponerla a calentar. Después dijo:

—Oh… casi se me olvida. La señora Hackney me ha llamado a la oficina esta mañana. Quiere que ingreses en el programa para superdotados lo antes posible. Ha dicho algo de que tus clases te resultan aburridas, cosa que entiendo perfectamente. Así que el lunes tenemos una reunión para hablar del programa para superdotados. ¿No es estupendo? ¡Todo empieza a encajar a la perfección!

Quería gritar. Quería decir a voces: "¿Has perdido el juicio? ¿Te has parado un momento a pensar en cómo me siento?".

Pero no lo hice. Me daba la impresión de que no iba a servir para nada. Por eso asentí y traté de sonreír.

Todo el fin de semana fue igual. Papá y mamá eran como niños con juguete nuevo: yo. El domingo por la tarde ya tenían prácticamente planeado el resto de mi vida. Si hubieran podido elegirme marido y dejarme comprado el traje de novia, lo habrían hecho.

Todd estaba contentísimo de que toda la atención recayera en mí. Le gustaba pasar desapercibido…, en la sombra se estaba más seguro. Pero me sentía mal por Ann. A ella le gustaba ser el centro de atención y estaba acostumbrada a serlo. Siempre había sido la inteligente, la que tenía talento, la que antes iba a acabar el instituto para ingresar en una universidad de prestigio. Y ahora la maldita Nora era la estrella del espectáculo familiar. No me dirigió la palabra durante todo el fin de semana.

Stephen intentó hablar dos veces por teléfono conmigo: el sábado y el domingo. Ambas veces fingí que no me podía poner. Hice muy mal, pero es que no sabía qué decirle.

Cuando llamó la primera vez pensé:

"Debería llamarle y decirle que sería conveniente que esperáramos una semana o así antes de seguir adelante… para tener tiempo de reflexionar".

Cuando llamó la segunda vez pensé:

"Debería decirle que lo dejamos, que no seguimos adelante y que nos olvidamos del plan. Después le pido perdón por haber montado tanto lío. Y luego pienso un modo de pedir disculpas a los maestros. Y a la señora Hackney y al doctor Trindler y a papá y mamá".

Y después pensé:

"Lo mejor es que me cambie de nombre, me tiña el pelo de negro y me marche a Argentina".

No dejaba de darle vueltas al asunto. Había demasiado en qué pensar. Y tengo que admitirlo: estaba perdida. Tenía cero hechos. Escuchaba y observaba, pero esa cosa buena que debía hacer a continuación no aparecía por ninguna parte.

Así que no hice nada. Sólo traté de pasar desapercibida y de no pensar, lo que nunca funciona.

Sabía que el lunes, en la parada de autobús, no iba a tener más remedio que hablar con Stephen, y sabía que, después de eso, algo tendría que pasar. Porque éste es uno de esos hechos irrebatibles: después siempre pasa algo.

UNAS CORTAS VACACIONES

Ann tenía un historial de asistencia impecable en cuarto, quinto, sexto, octavo y décimo. Le encantaba ir al colegio, y nunca se había saltado una clase, ni una sola vez, no durante mi vida al menos. Por eso tuve que tomar ejemplo de mi hermano Todd para aprender una de las bellas artes: fingirse enfermo.

Todd solía estar mal como una vez al mes, normalmente unos tres días después de conseguir un nuevo juego de ordenador. Vomitaba de maravilla. Y sabía cómo tener en la cara una erupción de manchas rojas o cómo provocarse una fiebre repentina, y su colección de ruidos diversos en el baño obligaban a papá o a mamá a golpear la puerta y gritar:

—¿Todd? ¡Todd! ¿Qué te pasa?

Era un maestro.

Yo sólo había fingido estar enferma cuando era absolutamente necesario, y el lunes por la mañana lo era. No podía enfrentarme a Stephen ni a la señora Hackney ni a papá ni a mamá ni a nadie. Necesitaba estar sola.

Así que, en primer lugar, esperé a que papá se fuera a trabajar porque es más suspicaz que mamá. Después me puse bien colorada y sudorosa a base de subir y bajar de mi silla unas treinta veces. Luego me metí en la cama, me tapé bien y grité:

—¡Mamá! ¿Puedes venir? Me duele un poco el estómago.

Una mano sobre la frente fue todo lo que hizo falta.

—Y además tienes un poco de fiebre. Pobrecita mía…, seguro que es un virus de esos que andan por ahí. ¡Hace tan mal tiempo!

Pocos minutos más tarde me trajo una bandeja con un vaso de *Sprite* y unas tostadas. Mientras me ahuecaba la almohada y me subía el edredón hasta la barbilla, dijo:

—Esta mañana tengo tres compromisos, Nora, pero estaré pendiente de ti por teléfono, ¿de acuerdo? He llamado a la vecina, a la señora Faris, y me ha dicho que va a pasar todo el día en su casa y que vendrá a echarte un vistazo dentro de una hora más o menos… tiene la llave. Y yo vendré a la hora de comer. Si necesitas cualquier cosa, llámame o llama a papá, ¿entendido? Ahora quédate aquí y descansa.

Me limité a asentir con la cabeza. Estaba demasiado débil para hablar.

Cinco minutos después la casa quedó en un maravilloso silencio. Y, por fin, me pareció que era capaz de pensar.

Pero no lo hice. Bajé al salón e hice justo lo contrario: ponerme a ver la televisión. Ojeé el Canal Cultural y los castillos de Irlanda, exploré la Gran Barrera de

Arrecifes y excavé en busca de huesos de dinosaurios en Wyoming. Estaba de vacaciones.

Hacia las nueve y media la señora Faris abrió la puerta de entrada y gritó:

—¡Yuju, Nora, soy yo, la señora Faris!

Entró en el salón, anduvo de aquí para allá unos cinco minutos y se marchó.

Acababa de empezar un viaje en submarino para ver los restos del Titanic cuando sonó el teléfono. Pulsé la tecla de manos libres y, con mi mejor voz de enfermera, dije:

—¿Diga?

No era mamá. Una señora dijo:

—Hola… ¿Puedo hablar con el señor o la señora Rowley?

Me habían repetido mil veces que no le dijera a un desconocido que estaba sola en casa, así que contesté:

—Mi padre está en el jardín con Rolf (nuestro pastor alemán). ¿Me puede dar su nombre y su número de teléfono para que papá la llame dentro de unos minutos?

Hubo una pausa y la señora preguntó:

—¿Nora? ¿Eres tú?

Entonces reconocí la voz: era la señora Hackney. Tragué saliva y dije:

—Sí —y para ganar tiempo, agregué—: ¿Quién es?

—Soy la señora Hackney, Nora. Tengo que hablar con tu madre.

Por su tono de voz noté que no llamaba para charlar un rato; supuse que querría hablar sobre el programa para superdotados.

Le dije:

—Bueno, yo me he quedado en casa porque estoy enferma, y papá no está en realidad. Y tampoco tenemos perro. Y mamá ha tenido que salir.

Le di su número.

—Gracias —contestó, y colgó sin darme ocasión de decir "de nada", "adiós", o algo por el estilo. Me pareció bastante grosera, pero no lo pensé mucho porque quería volver a mi emocionante exploración submarina.

Cuando el primer submarino enfocaba su cámara sobre el comedor del Titanic, mamá atravesó atropelladamente la puerta de entrada. En mitad de las escaleras escuchó la televisión y, dos segundos después, se plantó delante de mí. Con los ojos relampagueantes y el tono de voz bajo que presagiaba peligro inminente, ordenó:

—Apaga la televisión. Vete arriba y ponte el uniforme. Ahora.

—Pero… me encuentro mal.

—Lo dudo, pero, francamente, en este momento eso es lo que menos importa. Vístete. Tenemos que estar en el colegio dentro de diez minutos. Vamos.

—¿Pero por qué?

Meneó la cabeza.

—¡A callar!, y date prisa.

Tres minutos después salíamos del camino de acceso en coche. Ni siquiera me había lavado los dientes.

—¿Va a ser hoy —pregunté— la reunión para lo del programa de superdotados? ¿A qué vienen tantas prisas?

Mamá no quitó la vista de la calzada; aferraba con furia el volante.

—La reunión no se celebra por eso. Ni de lejos. Esta reunión va a tratar sobre los ceros, Nora. Ceros como los que tú sacaste en los exámenes del viernes.

El corazón me empezó a latir con fuerza.

—Te… te lo iba a contar, mamá. Sólo fue una tontería que se me ocurrió. Pero nunca más. No volverá a pasar. De verdad.

Mamá me lanzó una mirada de reojo y se concentró en la calle.

—Bueno, eso está bien para ti, ¿pero qué me dices de los otros?

—¿Los otros? ¿Qué otros?

Mirándome de nuevo por el rabillo del ojo, dijo:

—No te hagas la tonta, Nora. Eso conmigo ya no te vale. Me refiero al examen de sociales que la señorita Noyes ha puesto esta mañana. La señora Hackney me ha llamado y me ha dicho que todos tus coleguitas menos dos han sacado ceros. En resumen: cuarenta y dos ceros. Y gracias a lo que pasó el viernes, la directora quiere tener una pequeña charla contigo. Y conmigo… y con tu padre.

Había dicho lo que tenía que decir. Apretó los labios hasta que su boca pareció una línea férrea y siguió conduciendo. Quedaban dos minutos para llegar.

Mamá no me había dado demasiada información, pero procesé los datos disponibles.

Tres minutos más tarde lo supe. Supe exactamente lo que había ocurrido: alguien había estado muy ocupado durante el fin de semana. Y supe otra cosa: tenía que haber hablado con Stephen cuando me llamó.

REBELIÓN

El despacho de la directora me resultaba ya familiar. La gran diferencia de aquel día estribaba en que había tanta gente que no cabían en la mesa.

Había una señora sentada al escritorio de la directora. La reconocí porque la había visto por la televisión local. Era la señora Tersom, la superintendente escolar.

La señorita Byrne estaba sentada en una silla plegable, al lado del escritorio. La señorita Drummond, la ayudante del consejero, también estaba y, a su lado, se sentaba la señorita Anderson, la secretaria. Tenía un bloc en el regazo, y se disponía a tomar nota de todo lo que se dijera.

La señora Hackney ocupaba su sitio habitual en la mesa. El doctor Trindler se sentaba a su izquierda, y a continuación estaban la señorita Noyes y la señorita Zhang.

Las cejas de mamá se arquearon cuando vio a Stephen sentado a la mesa con sus padres. Yo no me extrañé en absoluto; me habría sorprendido no haberle visto. Pero entonces entró Merton Lake con sus padres, y de eso sí que no supe qué pensar.

Mientras yo acercaba una silla a la mesa, Stephen me miró con una sombra de sonrisa. Miré a otro lado. En ciertas ocasiones no hay nada más peligroso que sonreír, y ésta era una de ellas.

Unos diez segundos después de sentarnos mamá y yo, papá llegó a toda prisa, cabeceó unos rápidos "hola" alrededor de la mesa y se sentó a mi lado.

Entonces la señora Hackney dijo:

—Ésta es una mañana muy difícil para la Escuela Primaria de Philbrook. Señorita Noyes, por favor, cuéntenos lo que ha sucedido en su clase de sociales.

La señorita Noyes asintió y explicó:

—Había preparado una prueba de diez preguntas sobre un tema del libro de sociales que debían leer durante el fin de semana. Hablamos del capítulo y pasamos a la prueba..., era sólo de un folio. Cuando acabaron les pedí que se intercambiaran las hojas, sacaran sus lápices rojos y corrigieran las respuestas. Había demasiadas risitas, así que me dediqué a recorrer el aula. Y vi que casi todos los alumnos habían contestado tonterías.

—¿Tonterías? —preguntó la señora Hackney.

—Sí —contestó la señorita Noyes—. Por ejemplo, en la pregunta: "¿Quién era el presidente de Estados Unidos al principio de la Gran Depresión?", los alumnos contestaron cosas como: "El pato Donald" o "Elvis" o "Mi tío Lenny"... muy bobo. E inexacto.

La señora Hackney preguntó:

—¿Y qué nota obtuvo la mayoría de sus alumnos?

La señorita Noyes me lanzó una mirada antes de contestar:

—Cero. Todos menos dos sacaron cero. Y después, en la cuarta clase, cuando la otra mitad del equipo tuvo sociales, les advertí que la prueba que iban a hacer no era cosa de broma, pero al corregirla pasó lo mismo: todos, excepto los dos alumnos que no tomaron parte en esta… tontería, sacaron cero.

Me habría apostado cualquier cosa a que uno de esos dos era Merton Lake, pero en aquel momento carecía de importancia.

La señora Hackney preguntó:

—¿Quién quiere empezar a explicar esto?

Stephen y yo dijimos a la vez:

—Yo.

Pero fui la única que continuó hablando:

—Es culpa mía, señora Hackney. Se me ocurrió que si sacaba ceros en algunas pruebas otros niños también los sacarían, y podríamos decirle a la gente lo obsesionados que están los alumnos con los exámenes y las notas, y que eso es un problema. Así que todo ha sido culpa mía.

Stephen negó con la cabeza y dijo:

—Fue idea mía; lo de sacar ceros, digo. Después trazamos juntos un plan, eso sí, pero lo de los ceros fue cosa mía, ¿te acuerdas?

En aquel momento me habría gustado que Stephen fuera un poco menos sincero, porque entonces se habría dado cuenta de que no estaba tratando de quitarle ningún mérito. Sólo trataba de impedir que tuviéramos que salir corriendo del pueblo perseguidos por una turba de padres y maestros enfurecidos.

Pero Stephen no pensaba en eso y no tenía la menor capacidad para el disimulo. Lo cual era una de las cosas que más me gustaba de él.

Así que dije:

—Bueno, sí. Esa parte fue idea tuya, pero yo fui quien la puse en práctica. Yo fui la que desencadenó todo al sacar los ceros del viernes pasado, y, como no hablamos durante el fin de semana, supongo que has llamado a un montón de chicos, ¿no? Y por eso han sacado ceros. Pero sigue siendo culpa mía. Y lo siento. Ya ha acabado todo.

—Ojalá fuera tan sencillo, Nora —dijo la señora Hackney—. Pero no lo es. En primer lugar, está el asunto del panfleto que Stephen trataba de repartir esta mañana por los pasillos.

Pasó hojas de papel a izquierda y derecha. Miré mi copia mientras la señora Hackney la leía en alto.

¡¡A TODOS LOS ALUMNOS!!

¿¿¿Estamos hartos de estúpidas pruebas???

¿¿¿¿Estamos hartos de bregar con las notas????

¿¿¿¿¿Odiamos las Pruebas de Aptitud esas?????

¡¡¡¡¡En ese caso uniros a la rebelión!!!!!

¡¡¡¡¡ALISTÉMONOS HOY!!!!!

¿CÓMO?

¡¡MUY SENCILLO!!

¡¡¡SACANDO CERO EN LAS PRÓXIMAS PRUEBAS!!!

¡¡¡¡¡DEMOSTRANDO A TODO EL MUNDO

QUE PODEMOS PENSAR

POR NUESTRA CUENTA!!!!!

¿DUDAS? STEPHEN CURTIS LAS RESPONDERÁ.

La señora Hackney miró a Stephen primero y a los asistentes después.

—En la Escuela Primaria de Philbrook —dijo— no queremos ni necesitamos una rebelión.

Me quedé estupefacta. No me podía creer que Stephen hubiera tenido tamaña audacia. ¡Y había puesto su nombre en eso! ¡Y había conseguido convencer a todos los chicos menos dos! Stephen debía de haber pasado todo el fin de semana en el teléfono.

La señora Hackney continuó:

—Y además está el asunto de la pelea entre Stephen y Merton.

El señor Lake levantó la mano y dijo:

—¡No fue una pelea! —señaló a Stephen—. Ese chico atacó a mi hijo, y Merton no tuvo más remedio que defenderse. Y no olvidemos que Merton es uno de los dos alumnos que no han tomado parte en esta… ¡esta conspiración!

Era la primera vez que veía al padre de Merton, pero supuse que era abogado.

La señora Curtis le fulminó con la mirada y dijo:

—¡Stephen no ha atacado a nadie en toda su vida!

La directora rogó:

—Por favor, vamos a centrarnos en el tema. Esta mañana ha habido un desafío de empujones en el patio, y ha tenido que intervenir el maestro encargado de la vigilancia de los autobuses escolares. Y la señorita Byrne ha tenido que separar a los chicos para que lo dejaran. ¿Es así?

—Así es —contestó la señorita Byrne—. No era exactamente una pelea, pero, desde luego, estaba al borde de serlo. Era una clara escaramuza.

Estuve a punto de sonreír. Siempre la señorita Byrne salía con la palabra precisa: escaramuza.

La directora dijo:

—Muy bien. Me gustaría hacer un resumen de la situación. Tenemos dos alumnos que admiten haber organizado y alentado la rebelión. Y dos alumnos que han estado a punto de llegar a las manos. Pero el mayor problema estriba en que la mitad de las clases de quinto ha decidido que las pruebas no importan nada. Consideran que los trabajos escolares son cosa de risa —lanzó una mirada alrededor de la mesa—. No se puede tolerar tal actitud de desobediencia en nuestro colegio. Y debemos cortarla de raíz. Ahora mismo.

La señora sentada al escritorio de la directora se puso en pie. Todas las miradas convergieron en ella.

—Soy Julia Tersom, superintendente escolar. Cuando he hablado con la señora Hackney hace una hora, le he sugerido que aislara a los estudiantes implicados. Por esa razón llevan cuarenta y cinco minutos en la biblioteca. La enfermera y el bedel se han quedado con ellos para que sus maestros pudieran asistir a esta reunión.

Hizo una pausa.

Los presidentes y los alcaldes tienen una forma particular de estar de pie, de inclinar la cabeza y de juntar las manos cuando pronuncian un discurso importante. La señora Tersom tenía el mismo aspecto.

Paseó la mirada por la concurrencia y dijo:

—Hace un año tuvimos un problema de vandalismo en la escuela secundaria. Las taquillas aparecían rotas; los espejos de los baños, destrozados; las paredes, pintadas; los libros, destruidos. Y siento comunicarles que se tardó más de ocho meses en resolver el asunto. ¿Por qué tanto tiempo? Muy sencillo: porque el director del colegio no afrontó el problema con la prontitud ni la contundencia necesarias. Esta situación no es tan seria como el vandalismo, pero tampoco se diferencia tanto. Si los alumnos que han sacado cero en esas pruebas se van a comer dentro de cuarenta minutos y empiezan a reírse y a jactarse de lo que han hecho, su actitud desafiante puede extenderse fácilmente al resto del colegio. Y eso no debe ocurrir. Por ello debemos manejar el problema con mano dura… y de inmediato. Cada estudiante de las escuelas de Philbrook debe entender que las pruebas y las notas son importantes. Cada estudiante de nuestros colegios debe esforzarse todo cuanto pueda para obtener las mejores calificaciones. Ése es el fin de la formación en Philbrook: la excelencia. Y en este momento esos alumnos de la biblioteca están confusos al respecto. Debemos resolver este asunto en los próximos treinta minutos. ¿Señora Hackney?

La directora sonrió ligeramente y asintió:

—Gracias, señora Tersom. Lo que vamos a hacer es tener una asamblea con esos chicos, ahora mismo, en el centro de medios. Nos vamos a centrar en los hechos, y vamos a hacerles ver los errores que se han cometido. Vamos a poner de manifiesto que esta clase de comportamiento no puede ni podrá tolerarse jamás. Y para enfatizar la importancia del asunto, la señora Tersom y yo hemos decidido que Nora Rowley y Stephen Curtis sean expulsados temporalmente del colegio durante dos semanas… a partir de este momento.

En lo primero que pensé fue en papá y mamá. Mamá dio un grito ahogado y se quedó como una estatua, la espalda recta y rígida, los ojos humedecidos por las lágrimas. La cara de papá era la viva imagen de la incredulidad. Me sentí fatal por ellos.

Y entonces me fijé en Stephen, sentado allí tratando de entender lo que acababa de oír: "expulsados temporalmente del colegio durante dos semanas". Estaba pálido, y tanto su padre como su madre me miraban fijamente. A nadie le cabía la menor duda: yo tenía la culpa de todo. Y yo sabía que era verdad.

Me imaginé lo que iba a pasar en la asamblea. La señora Hackney pronunciaría un sermón con muchas subidas y bajadas de dedo. Y la señora Tersom, con cara de pocos amigos, amenazaría con poner a todo el mundo de patitas en la calle, temporalmente, como habían hecho con Stephen y conmigo. Y, por supuesto, Merton Lake lo contemplaría todo con una sonrisita de suficiencia en los labios. Horroroso. Y yo no podía hacer nada para evitarlo.

Hecho: cuando un plan empieza a derrumbarse, se viene abajo en un santiamén. Lo único que puedes hacer es quitarte de en medio a todo correr. Y a veces no se puede.

Cuando la señora Hackney estaba a punto de añadir otra cosa, la señorita Byrne levantó la mano. La directora dijo:

—¿Sí, señorita Byrne?

La señorita se puso de pie y se estiró la camisa.

—Señora Hackney, tengo que decir algo. No estoy de acuerdo con ese castigo —hablaba bajo, pero su voz tenía fuerza—. Creo que deberían tenerse en cuenta los motivos de Nora y Stephen. Puede que lo que han hecho sea ingenuo y que, ciertamente, hayan causado problemas a la señora Hackney, la señora Tersom y a nuestros colegas los maestros, pero ellos sólo intentaban suscitar la controversia. Y lo que han hecho no tiene absolutamente nada que ver con el vandalismo, señora Tersom. El vandalismo es ciego y destructivo, y lo que ellos han hecho es todo menos eso.

La señora Hackney se levantó e inclinándose hacia delante, apoyó las manos sobre la mesa:

—Ya es suficiente, señorita Byrne. Éste no es momento ni lugar para exponer opiniones personales.

Pero la señora Tersom levantó la mano:

—No pasa nada, señora Hackney. No tenemos nada que ocultar. Nuestro distrito escolar se caracteriza por sus debates libres y abiertos. Así que, por favor, continúe señorita Byrne.

La señorita Byrne inclinó la cabeza en dirección a la superintendente y prosiguió:

—Gracias. Como iba diciendo, son buenos chicos y también sus motivos eran buenos. Estos alumnos sólo pretendían que todos nos fijáramos más en los efectos colaterales negativos de los exámenes y las notas. Los maestros de este colegio, y de los demás colegios de este pueblo, han tenido alguna vez las mismas preocupaciones. Y a lo largo y ancho de Connecticut los maestros han señalado que esta obsesión con exámenes y notas (especialmente las de las Pruebas de Aptitud) no es sana. Nora lo ha vivido en carne propia y tiene la suficiente inteligencia para darse cuenta de los problemas, y ella y Stephen han tenido el valor necesario para tratar de hacer algo… Han sido más valientes que todos nosotros. Así que quiero dejar claro que me opongo rotundamente a que sean expulsados. Y creo que muchos otros maestros de nuestros colegios, y posiblemente un buen número de personas del pueblo de Philbrook, estarían de acuerdo conmigo.

Einstein se habría enamorado de ella. El momento que se produjo cuando acabó de hablar fue como aquella intemporalidad que precedió al Big Bang.

A continuación el universo comenzó a explotar.

Hubo un amago de aplauso y la señorita Zhang y la señorita Noyes se levantaron y se acercaron a la señorita Byrne. Eran "colegas de profesión", como había mencionado la señorita Byrne, y los maestros se apoyaban.

Mamá dejó de contener el aliento. Papá dirigió un gesto de asentimiento a la señorita Byrne y dijo:

—Tiene razón…, quizá Nora haya dado en el clavo.

Con lo que se ganó un suave: "¡Calla!", de mamá.

La señora Curtis le dio unas palmaditas a Stephen en el hombro, y Stephen empezó a recuperar el color. Mamá y la señora Curtis se pusieron a hablar por encima de mi cabeza. El padre de Stephen sacó un pañuelo, se sonó la nariz y se enjugó el sudor de la frente; aunque más lógico habría sido hacerlo al revés, si se piensa un poco.

La madre de Merton había levantado una ceja y susurraba algo en el oído de su marido. Merton se quedó sentado con cara de papanatas y trató de que le mirara, pero yo le ignoré.

La señora Hackney intentó controlar los músculos de su cara, y en medio del ruido y la charla continuó diciendo:

—¡Vamos a centrarnos en el tema, señores!

La superintendente miró a su alrededor con los labios curvados hacia abajo en una tensa semisonrisa, pero sus ojos expresaban lo que sentía. Pensaba lo que pasaría si el asunto salía de allí y se empezaba a comentar por el pueblo.

La secretaria se había rendido y había dejado de tomar notas, y, cuando comenzó a hablar con la señorita Drummond, las palabras y las frases se escucharon por toda la mesa:

—¿De veras?... Oh, sí. Porque el lunes fue sólo... y cuando me lo dijo... ¡no! ¡Estás de broma!... Sí, ¡yo también lo he oído!

El doctor Trindler se limitaba a sonreír y a darse golpecitos en las puntas de los dedos. El psicólogo se lo estaba pasando en grande.

¿Y yo? Yo intentaba verlo todo a la vez.

Miré a la señorita Byrne. Se había vuelto a sentar, con las manos enlazadas sobre el regazo. Cruzamos una mirada, sólo duró un segundo. Y se dijo mucho durante ella. No de maestra a alumna, sino de persona a persona.

Por último, la señora Hackney elevó el tono de voz una octava y dijo:

—Les ruego silencio, señores. ¡A todos! ¡Por favor, cálmense! —y cuando la habitación se quedó en silencio, dijo—: Gracias. Ahora, tengo una proposición o dos, pero quizá nuestra superintendente deba hablar primero.

La señora Tersom se guardó su sonrisa, y me pareció que no tenía ni idea de por dónde salir. Sus ojos la traicionaban. Me percaté del problema, como debió percatarse todo el mundo: si seguía en sus trece y mantenía su postura, podía encontrarse con una rebelión de verdad entre manos. Si se mostraba débil, perdería su autoridad.

—Bien, yo… yo creo que —dijo—, considerando el asunto en su totalidad, no deberíamos afrontarlo a nivel de distrito. Es un tema que debe resolverse en el colegio y, puesto que usted es la directora, señora Hackney, creo que debemos escuchar antes sus propuestas.

Fue otro momento Einstein, más allá del tiempo y del espacio, con todos los ojos clavados en el rostro de la señora Hackney.

Todo el mundo se dio cuenta de lo que pasaba. Dos mujeres inteligentes y poderosas tenían miedo de dar el primer paso. Y me sentí mal por las dos. Después de todo, era yo quien había metido a todos en aquel lío. Deseé poder ayudarlas.

Entonces empezó a pasar algo. Algo nuevo.

Siempre he sido la chica bombilla. Las ideas me llegan de quién sabe dónde como relámpagos en una tarde de verano: ¡BUUM!, idea va.

Esto era diferente. Se me estaba ocurriendo algo, pero poco a poco. Como si mirara un vasto y verde césped y, al pasar una nube o un soplo de viento, cada brizna de hierba prestara atención, tensa y concentrada.

Y entonces, a través del césped, pude ver las huellas de una idea, un simple sendero que siempre había estado allí. Y era yo quien debía recorrerlo.

Sólo tenía que hacer la siguiente cosa buena.

Levanté la mano.

La señora Hackney no se había sentido nunca tan feliz de ceder la palabra:

—¿Sí, Nora?

No sé por qué me puse en pie antes de hablar, pero lo hice:

—Si le parece bien, señora Hackney, me gustaría ser yo la que hablara a los alumnos. Creo… creo que debo decir algo… a todo el mundo. Y después, decidan lo que decidan usted y la señora Tersom sobre los castigos y demás, yo lo acataré.

Al momento Stephen se levantó y dijo:

—Y yo.

Allí estábamos de nuevo, dos compañeros.

La señora Hackney nos miró y miró a la señora Tersom. La señora Tersom me miró a mí y miró a la señora Hackney. Y después de volver a mirarme, la señora Hackney dijo:

—Parece una petición razonable. Creo que debemos ir todos ahora mismo a la biblioteca.

Les debió parecer una petición razonable a todos porque la habitación en pleno emitió una especie de suspiro de alivio.

Mientras la gente se levantaba y se dirigía a la puerta de la sala, papá se inclinó hacia mí y susurró:

—Espero que sepas lo que haces.

Y yo le susurré:

—Lo mismo digo.

LA SIGUIENTE COSA BUENA

Llevó un buen rato acomodar a todo el mundo en el centro de medios. Se retiraron mesas y sillas y los alumnos se sentaron en el suelo, en medio de la sala. Los adultos y los maestros se sentaron en sillas, en los laterales y al fondo.

No parecía una asamblea ni un encuentro semanal. No había movimientos, ni susurros, ni risitas. No había ni sonrisas. Parecía un funeral: mi funeral.

La señora Hackney se quedó de pie al lado del mostrador principal y esperó hasta que los últimos adultos se acomodaron. Yo me quedé a su lado y Stephen al mío. Mamá y papá se sentaron a la izquierda. Parecían estar a un millón de kilómetros, y pensé lo que me gustaría volver a estar sentada entre ellos.

Me costaba respirar. Sabía lo que quería decir, pero no estaba segura de cómo empezar. O de cómo acabar. Entonces pensé:

"¿Y qué pasa con Stephen? ¿Qué va a decir? Alguien que ha sido capaz de hacer ese panfleto ¡puede salirse por peteneras! ¿Y si se le ocurre gritar, puño en alto: ¡Quiero que se me escuche!, y corre después por la biblioteca rasgando libros de los estantes y rompiendo muebles? ¿O... o si la señora Hackney cambia de repente de opinión y, de pie allí, nos señala con un dedo y dice: Nora y Stephen han sido unos niños muy, muy malos, y he decidido que deben ser expulsados del colegio ¡para siempre! ¡Fuera! ¡Que salgan de aquí los dos!".

La imaginación puede ser una tortura, así que me alegré de que la señora Hackney empezara a hablar.

Mirando con calma por toda la sala, dijo:

—Nos hemos reunido aquí esta mañana porque se han cometido serios errores. Creo que todos sabemos de qué estoy hablando. Nora Rowley quiere dar una explicación, y yo le he dado permiso para hacerlo. Stephen Curtis tiene también algo que decir —me miró a mí—. ¿Nora?

Hizo un discurso demasiado corto, no me dio tiempo para pensar. Decía unas pocas frases y después cargaba todo el peso sobre mis espaldas.

Miré las caras de la concurrencia y me quedé helada. Tragué saliva. Abrí la boca. Intenté hablar, pero no hubo manera.

Así que Stephen dijo:

—Nora y yo empezamos a pensar en algo la semana pasada y de eso quiere hablar.

Asentí, volví a tragar y dije:

—Sí. Era sobre las notas. Hace mucho que me preocupan. A muchos niños les pasa lo mismo, pero a mí no me preocupaba sacarlas buenas o malas. Me preocupaban las notas en sí mismas, el concepto de nota. Porque las notas pueden hacer que los chicos se sientan como perdedores o como triunfadores. Y eso no me gustaba, porque he visto que algunos chicos empezaban a pensar que eran tontos después de hacer las Pruebas de Aptitud del año pasado. Y no son tontos, en absoluto. Así que quise hacer algo al respecto. Y supongo que no ha sido muy inteligente por mi parte creer que iba a poder cambiarlo todo yo sola, o con la ayuda de Stephen. O que las cosas cambiarían con rapidez, porque las cosas no pasan así. Pero sentía que debía hacer algo… lo que fuera. Y entonces a Stephen y a mí se nos ocurrió lo de sacar ceros, lo que puede hacer pensar que el colegio nos parece cosa de risa o algo así. Pero no es cosa de risa. No pensamos eso. Sólo queríamos que la gente mirara esas notas y esos exámenes y pensara realmente en ellos. Pero las cosas han llegado demasiado lejos, y todo el mundo está disgustado, y yo no pretendía tal cosa. Sé que el colegio es importante, y que es importante hacer un buen trabajo, y creo que todos los chicos lo hacen… un buen trabajo, quiero decir. Y los maestros también. Y yo no sabía que un montón de maestros pensaban lo mismo que yo de los exámenes y las notas. Por eso tenemos que hacer las cosas juntos. Hacerlas mejor. Y esto es todo lo que quería decir. Que siento mucho los problemas que he causado, porque hay maneras mejores de hacer las cosas.

Stephen asintió y dijo:

—Sí, yo también lo siento. Sobre todo lo de la rebelión. Sé por qué ha ocurrido. Por qué he hecho el panfleto y todo eso. Porque era emocionante. Quiero decir, que de pronto sentí que las notas ya no tenían ese tremendo poder sobre mí. Y creo que me dejé llevar. Aun así, he aprendido un montón de cosas. Y a partir de ahora ya no me van a dar miedo ni los exámenes ni las notas; como antes no. Pero siento los problemas que hemos causado, como ha dicho Nora.

Esperé a que continuara, pero Stephen había acabado.

No lo vi, pero creo que fue papá quien empezó a aplaudir y todo el mundo aplaudió un poquito, incluso la señora Tersom. Era bastante vergonzoso.

Pero la señora Hackney levantó las manos y todo el mundo se calló al instante.

—Sé que todos hemos aprendido cosas importantes hoy —dijo—, y sé que cada uno de nosotros recordará lo importante que es hacer todo lo mejor posible. Y ahora me gustaría que el equipo de maestros se llevara a los alumnos a sus clases hasta la hora de la comida.

Eso fue todo. Habíamos acabado. Sin expulsiones, sin amenazas, sin gritos. Sin agitar de dedo. Seguí las órdenes de la señora Hackney y me dirigí a mi clase. Era demasiado bueno para ser verdad.

Y lo era. Desde unos cuatro metros la señora Hackney me dijo:

—Nora, por favor, diles a tus padres que vengan a mi despacho dentro de unos minutos. Y ven tú también.

Un minuto después estábamos cara a cara otra vez. Y además entró el doctor Trindler.

La directora dijo:

—Me alegra mucho que la mañana haya acabado bien, pero aún debemos hablar de otra cosa. Tenemos que resolver la situación de Nora. El doctor Trindler y

yo creemos que debe estar en el programa para superdotados.

Mamá asintió y dijo:

—Estamos totalmente de acuerdo. Vamos a hacer
algunos test por nuestra cuenta y Nora hará las pruebas para entrar en la Academia Chelborn la próxima
semana. Pero el programa para superdotados estará
bien hasta que sepamos dónde se adapta mejor.

El doctor Trindler dijo:

—Excelente. La mayoría de los alumnos que
siguen el programa reciben de dos a seis clases para
superdotados a la semana, pero en el caso de Nora
pensamos que, a excepción de estudio, gimnasia, arte y
música, debe asistir a las clases especiales todo el día.

Alguien que había estado tan cerca de ser expul-
sada del colegio debería haber mantenido la boca ce-
rrada, pero yo no pude. Ni siquiera levanté la mano ni
pregunté si podía hablar. Sólo lo solté:

—No quiero estar en el programa para superdotados. Me gustan mis maestros y me gustan mis amigos,
y quiero quedarme donde estoy.

El doctor Trindler sonrió y dijo:

—Todos entendemos tus reparos, Nora. Los cambios dan siempre un poco de miedo, pero no puedes
evitar ser como eres. Eres sumamente inteligente. Simplemente lo eres. Estás tan lejos del nivel medio que las
clases normales avanzan con demasiada lentitud para ti.

Meneé la cabeza:

—Pero cuando acabo mi trabajo o ya entiendo
lo que explica el maestro, me pongo a pensar en otra
cosa. Siempre tengo muchas cosas en que pensar. Re-
suelvo problemas de matemáticas en mi cabeza, o me

recito poemas que sé de memoria, o saco un libro y me pongo a leer. Quiero quedarme en las clases normales porque me gustan los alumnos normales. No quiero tener un tratamiento especial, y no quiero maestros que estén siempre mandándome.

La señora Hackney trataba de inmiscuirse, y papá y mamá lo mismo. Pero aquello era entre el doctor Trindler y yo. Él dijo:

—Pero considéralo de este modo, Nora: ¿cómo vas a desarrollar todo tu potencial si no aceptas nuestros retos?

—No quiero hacerme la sabihonda, pero, por favor, piense una cosa —dije—. ¿Estoy tratando de huir de estos retos? ¿No cree que intentar ser normal después de lo ocurrido la última semana será un gran cambio para mí? Y sobre eso de desarrollar todo mi potencial… ¿quién puede decir cuál es en realidad ese potencial? ¿Y los test de CI? ¿No debería ser yo quien dijera si quiero hacerlos o no? ¿Y si lo que realmente quiero es ser normal? ¿Y si ser normal es mi gran triunfo en la vida? ¿Es que eso tiene algo de malo? ¿Es malo ser feliz, leer libros, salir con los amigos, jugar al fútbol y escuchar música? ¿Es malo crecer, encontrar un trabajo, leer periódicos, votar en las elecciones y quizá casarme algún día? ¿Es eso tan terrible? Sé que soy diferente, y espero ser siempre inteligente, pero no quiero que me agobien ni tratar de hacer lo que otras personas piensan que debe hacer alguien de mi inteligencia. Quiero usar mi inteligencia a mi manera. Y en este momento lo que quiero es ser una alumna normal.

Mientras hablaba parecía que las palabras brotaran de mi mente y salieran por mi boca como la leche de un cántaro. Nunca había soltado un discurso como aquél.

Y cuando me detuve nadie dijo ni pío.

Así que añadí:

—¿Puedo irme a clase? Ya es casi la hora de comer y no quiero llegar tarde. Hoy hay pizza.

—Sí, Nora, puedes irte.

Y lo que más me gustó de todo fue que no lo dijo la señora Hackney.

Lo dijo mamá.

La hora de comer fue un poco rara, y mis clases de la tarde también lo fueron. Hubo cantidad de susurros y los chicos me miraban continuamente. Así debe de ser un poco como se siente una estrella de cine en un supermercado. Pero yo intenté concentrarme en mis asuntos y pasar un día como otro cualquiera. Intentaba ser normal.

El resto del día tuvo dos partes buenas.

La primera cuando fui a ver a la señorita Byrne justo antes de tomar el último autobús. Había estado jugando al fútbol en el gimnasio, así que estaba acalorada y sudorosa y un poco fatigada. Lo dejé hasta el último momento con la esperanza de que la biblioteca estuviera vacía. Y lo estaba. La señorita Byrne estaba sola, sentada frente a su pantalla, en el mostrador. Creo que me vio llegar, pero no levantó la vista hasta que no me tuvo delante.

Sonrió y dijo:

—¿Gran día, eh?

Le devolví la sonrisa y dije:

—Grandioso. ¿Ha oído algo?

—Oh, sí. Más titulares en la sala de maestros: ALUMNA SALVA SU PROPIO PELLEJO, DESPUÉS GANA EL DEBATE. Espectacular. Estoy orgullosa de ti.

Me sonrojé:

—No ha sido para tanto.

La señorita Byrne negó con la cabeza.

—Ahí es donde te equivocas. Lo ha sido. Todo lo que has hecho ha sido especial y notable y maravilloso.

Intenté hablar, pero ella continuó:

—Y no digas que no podrías haberlo hecho sin mi ayuda. Hay un viejo dicho que reza: "Nada puede parar una idea cuando llega su momento". Y este momento es tu momento, Nora. Anda, date prisa… corre, no pierdas el autobús.

—Vale —dije—, pero gracias de todos modos, porque usted me ha ayudado… una barbaridad —me puse en marcha, pero antes de salir me volví y le dije—: Señorita Byrne, ¿qué universidad es la mejor para estudiar técnicas de bibliotecología?

Ella dijo:

—Hay programas bastante buenos. ¿Por qué lo preguntas?

—Bueno, ya sabe, en el caso de que quiera desarrollar todo mi potencial.

La señorita Byrne se echó a reír y me hizo señas para que saliera.

Pero, en realidad, yo no bromeaba.

La segunda parte buena ocurrió al bajar del autobús. Ben también se apeó en esa parada, pero su casa estaba en dirección contraria, así que Stephen y yo nos quedamos solos.

No abrió la boca hasta que llegamos al camino de acceso a mi casa. Entonces golpeó la grava con la punta de su zapatilla y preguntó:

—Lo que dijiste en la biblioteca sobre los alumnos que creían que eran tontos después de las pruebas del año pasado… ¿lo decías por mí, no?

Asentí:

—Sí, me refería a ti.

Me miró a los ojos y después miró al suelo.

—¿O sea que todo esto estaba como relacionado conmigo?

—Pues sí. Como relacionado…, pero también lo estaba conmigo.

—Ya, claro —dijo—. Quieres decir con lo de ser inteligente y demás, ¿no?

—Sí, con todo eso.

Él sonrió y dijo:

—Quizá habría sido divertido ser expulsados dos semanas, ¿no crees?

—No, no lo creo —dije—. Demasiado aburrido. En el colegio pasan muchas cosas.

—Sí. ¡Un montón! —contestó Stephen.

No se me ocurrió nada más que decir. Ni a Stephen tampoco.

—Hasta mañana, ¿vale? —dijo.

—Vale. Hasta mañana.

Después enfilé mi camino de acceso y él se encaminó a su casa.

Esos tres minutos con Stephen no parecen mucho si sólo se tienen en cuenta los hechos, como haría un científico. Porque, en realidad, ¿qué había ocurrido? Casi nada. Stephen no había intentado algo así como llevarme la mochila. Ni me había mirado a los ojos y había dicho: "Nora, eres la mejor amiga del mundo". Ni habíamos tenido una profunda discusión sobre el colegio o los exámenes o las notas.

Sólo habíamos pasado un rato juntos al final del día. Stephen me había hablado como un amigo. Como si yo fuera una persona normal. Me había hablado a mí, a Nora.

En aquel momento nada podría haberme hecho más feliz.

Y eso es un hecho.